우리 직업은 미래형이라서요

마흔 너머를 준비하는 여성
프리랜서를 위한 유쾌한 제안서

우리 직업은 미래형이라서요

마흔 너머를 준비하는 여성 프리랜서를 위한 유쾌한 제안서

박초롱

이음

차례

Part 1. 여기, 나이 많은
여자 프리랜서 있습니다!

Part 2. 혼자 일해도 사규가 있습니다

Part3. 혼자 일해도 미래가 있습니다

Part4. 기승전 치킨집?
아니 기승전 프리랜서!

여성 프리랜서를 위한
'족보'를 쓰는 마음으로

중남미 여정의 마지막 나라는 쿠바였다. 그곳에서는 인터넷이 되지 않았다. 사전에 내려받은 지도나 오래된 여행책에 의지해 다녀야 했는데, 막상 가보면 길이 바뀌었거나 식당이 없어져 있었다.

　대신 쿠바에는 '족보'가 있었다. 손가락으로 화면을 몇 번만 터치하면 세상의 모든 정보를 손에 넣을 수 있는 시대에, 족보라니! 한국인 여행자들이 가장 많이 모이는 호스텔에 있던 노트에는, 몇 년간 그곳을 다녀간 한국인들이 손으로 직접 쓴 정보들이 적혀 있었다. 족보는 그때도 '만들어지는 중'이라서 뒤쪽일수록 최신 정보들이 나왔다. 아바나에서

지방 도시로 가는 택시 번호도, 부에나비스타소셜클럽의 주인공들이 더 이상 그 재즈 클럽에서 연주하지 않는다는 것도 그 노트로 알았다. 하도 여러 사람이 펼쳐 봐서 표지가 바래고 옆면이 닳은 그 족보를 넘겨보며, 언젠가 그런 책을 만들고 싶다는 생각을 했다.

정보도, 정보를 얻을 수 있는 곳도 너무 많아 이제 백과사전 같은 건 빈티지 가게의 소품이 되어버렸지만, 내가 알고 싶은 모든 게 인터넷에 있는 건 아니었다. 콩나물국 끓이는 법 정도야 유튜브에서 10초면 찾을 수 있지만, 삶에 대한 보다 본질적인 질문에 대한 답은 인터넷 세계에 없었다.

예를 들면 이런 것. 나이가 들수록 일터에서 언니들은 사라져가고, 내 주변의 나이 든 여성 프리랜서는 손에 꼽으며, 여성에 대한 차별은 여전히 공고한데, 여성에 대한 혐오는 눈에 띄게 느는데, 어떻게 살아야 할지에 대한 답. 계속, 질문만 늘었다.

"프리랜서로 계속 살 수 있을까?"
"독립적이면서 자유로운 노동이라는 게 정말 가능할까?"
"여자가 마흔이 넘어서도 일터에서 살아남으려면 어떻게 해야 할까?"

그런 질문에 답하는 이를 쉽게 찾을 수 없는 건, 시대가 너무 빨리 변해 예전의 답이 지금의 답이 될 수 없기 때문이기도 하고 각자의 상황이 모두 달라 표준화된 정답이 없기 때문이기도 할 것이다. 삶에 대한 거시적인 해답은 현자들이 많이 주었겠지만, 당장 하루치 일상에 대한 힌트는 나와 비슷한 환경에 처한 주변 사람들을 통해서만 얻을 수 있었다.

　나는 서울에 사는 삼십 대 중반의 비혼 여성 프리랜서다. 독립 잡지 『딴짓』과 단행본을 만드는 딴짓 출판사를 꾸리고 있고, 여러 권의 책을 낸 작가이자 클라이언트의 다양한 요구에 맞춰 수시로 글을 납품하는 글 노동자이기도 하다. 프리랜서 매거진 『프리낫프리Free, not free』 이다혜 편집장과 함께 한마디로 정리할 수 없는 프리랜서 노동에 대한 이야기를 담는 팟캐스트 <큰일은 여자가 해야지>(이하 '<큰일여>')도 운영한다. 나를 설명하는 이런 키워드 때문에 자연스레 따라붙는 질문들이 있다. 프리랜서로 사는 건 어떤지, 삼십 대 중반의 노동자로 사는 건 어떤지, 여자로 산다는 건 어떤지, 비혼으로 사는 건 어떤지, 글 노동자로 산다는 건 어떤지. 나를 설명하는 키워드들은 슬쩍 들어도 고단하다. 이 책을 집어 든 당신도 어쩌면 몇 가지 삶의 키워드를 공유하고 있을지 모르겠다.

그래서, 나와 비슷한 키워드를 가진 사람들이 보아주었으면 하는 바람으로 이 책을 썼다. 정보가 미세먼지처럼 많다는 이 세계에서, 진짜 자신을 위한 팁은 찾기 어려운 사람이 읽었으면 하는 바람으로. 인터넷이 되지 않는 아바나에 뚝, 하고 떨어진 여행자에게 주어진 족보 같은 책이 되었으면 하는 바람으로. 같은 여행자의 입장에서 쓴 글인지라 조금 어설플 수도 있다. 그래도 '지금' 시대에 나와 같은 '상황'에서 책을 읽는 사람에게는 공감이 될 수 있으리라 믿는다.

이 책에는 마흔을 앞둔 비혼 여성 프리랜서로 산다는 것과, 프리랜서로서 삶의 균형을 잡고 내일을 준비하며 일하는 팁, 독립노동자의 미래에 대한 생각이 담겼다. 프리랜서는 누구인지, 비혼 프리랜서나 기혼 프리랜서는 어떤 차별에 노출되는지, 나이가 들고서도 일터에서 사라지지 않기 위해서는 어떻게 해야 하는지 고민했다. 프리랜서는 노동의 리듬을 어떻게 잡아야 하는지, 왜 자주 쉬어줘야 하는지, 어떻게 돈을 벌고 모아야 하는지, 자신만의 브랜드를 쌓아나가야 하는 이유는 뭔지 적었다. 모두가 프리랜서가 된다는 시대에 우리가 할 수 있는 연대는 무엇이고, 목소리를 낼 수 있는 방법은 무엇인지 생각했다. 나의 글이 대대손손 남아 정철의「관동별곡」처럼 읽히지는 않겠지만 이 여행지에 막 도착한 여행자가 넘겨보는 족보 정도는 되었으면 좋겠다.

세계가 너무 빨리 변한다. 내일은 점점 더 계획하기 어렵고 한 걸음 잘못 내디디면 매트리스 없는 콘크리트 위로 떨어질 것만 같다. 그럴 때면 이것도 다 경험이라고 스스로를 다독인다. 아바나를 여행할 때 나는 인터넷이 없어 몇 시간이고 길을 헤매었지만, 그 덕분에 아무 식당에 들어가 되는 대로 메뉴를 고를 수 있는 정당성을 확보했고, 그 어쩔 수 없음에서 오는 즐거움을 누리는 방법도 알게 되었다. 아무도 와본 적이 없는 이 낯선 골목, 새로운 노동의 시대에서 살아야 한다고? 에잇, 이왕 이렇게 된 거 신나게 지내보겠다.

이 책을 만드는 동안 나에게 당근만 준 박우진, 김소원 편집자에게 감사 인사를 전한다. 나머지 공은 나의 든든한 프리랜서 동료인 『프리낫프리』 이다혜 편집장 몫이다. <큰일여>를 1년 넘게 만들면서 우리는 일과 여성, 프리랜서에 대한 고민을 끊임없이 함께했다. 이 책에 쓴 많은 내용들은 사실 그와 나눈 이야기의 기록이나 다름없다. (프리랜서에 대한 보다 더 다양한 이야기가 궁금하다면 『프리낫프리』를 구독하시기를!) 마지막으로 자신의 노동을 한마디로 정의할 수 없는 프리랜서에게, 그리고 앞으로 프리랜서가 될 모든 사람에게 유쾌한 인사를 전한다.

Part 1

여기,
나이 많은
여자 프리랜서
있습니다!

①
프리랜서 글 노동의
기쁨과 슬픔

"작가님!"

에세이 2권, 인터뷰집 1권, 독립출판물 13권을 냈지만 '작가'라는 호칭은 여전히 어색하다. 나는 콘텐츠 제작자들을 모두 '작가님'이라고 칭하면서도, 내가 작가라고 불리면 괜히 어깨가 움츠러들고 두 손이 다소곳하게 무릎 위에 얹힌다. 앉은 자리에서 엉덩이를 들썩거리며 이러지도 저러지도 못하는 꼴을 보고 싶다면 나를 '작가님'이라 불러 보시길!

대신 나는 스스로 '글 노동자'라 소개하는 편이다. 자동판매기처럼, 누가 내게 원고료를 넣고 버튼을 누르면 제꺼덕 글을 한 편 토해내는 일에 능하다. 관공서에서 만드는 지역 잡지나 사업소개서에 들어갈 글을 쓰고, 누군가를 인터뷰해서 독자들이 관심 가질 만한 주제를 뽑아내고, 때로는 자서전을 대신 써주는 유령 작가 노릇을 한다. 프로젝트의 목적에 맞게 구조화를 잘하기에, 이런 글은 남들보다 뚝딱 잘 써내는 편이다. 그렇게 받은 돈으로 밥도 사 먹고 커피도 마신다. 운이 좋으면 술도 몇 잔 한다.

내가 스스로 작가라 칭하는 게 그토록 부끄러운 건 바로 이런 이유에서일 것이다. 내가 밥벌이를 위해 쓰는 글이 정말 '내가 원하던 글'이었나? 그런 글은 대개 '나의 글'이라기보다는 '누군가를 위한 글'이니까. 오직 '나만이 쓸 수 있는 글'이 아닐 수 있으니까.

밥벌이로서의 글쓰기

글 노동자는 어떤 일을 할까? '장래 희망' 란에 '작가'나 '칼럼니스트'를 적는 이들을 위해 보다 구체적으로 말하자면 (내 기준에서) 글로 밥벌이하는 경우는 보통 세 갈래다. 하나는, 내가 낸 책의 인세를 받는 경우다. 기성 출판사를 통해 낸 책의 인세는 보통 10%로, 15,000원짜리 책을 한 권 팔면 1,500원이 내게 돌아온다. 단행본은 보통 한 번에 2,000권을 찍는다는 걸 고려하면, 처음 찍은 책이 다 팔려야 작가에게 300만 원이 주어지는 셈이다. 독립 출판물은 내가 작가이자 출판사이기 때문에 이익이 더 많이 남지만, 영세한 규모 때문에 인쇄나 유통 등의 공정 단가가 높아져 막상 다 팔아도 결과는 크게 차이 나지 않을 때가 많다. 책에 딸려 나가는 괜찮은 굿즈라도 하나 만들면 손익분기점을 넘기기도 힘들다.

작가를 꿈꾸는 많은 사람들이 이 방식으로 생계를 유지할 거라 기대하지만, 인세로 목에 풀칠하며 사는 건 만만치 않은 일이다. 한국에서도 꽤 유명한 작가가 되어야 인세만으로 먹고 살 수 있다. 내 책이 영화나 드라마 같은 2차 콘텐츠로 만들어져 저작권료를 챙길 수 있으면 더 좋겠지만, 그것도 다 원작이 잘 나갔을 때의 이야기다.

그래서 작가들은 보통 다른 일을 함께 한다. 어떤 기관이나 기업의 글 콘텐츠를 외주로 만들어주는 일이다. 종이책이 사라지는 시대라고 하지만 아이러니하게도, 지금만큼 콘텐츠가 대량으로 유통된 적도 없었다. 지방자치단체가 주최한 행사의 결과 보고집, 지역 관광 홍보용 책, 기업의 사보와 홈페이지, 각종 보도자료와 온라인 홍보물, 갤러리의 작품

설명, 웹툰·웹드라마의 시놉시스와 스토리, 제품 사용설명서 등. 다양한 곳에서 글을 필요로 한다. 나도 강원도 영월군청과 함께 영월을 홍보하는 책 『그렇게, 영월』, 서울시 관악구 청년문화공간 신림동쓰리룸과 함께 지역 상인 인터뷰 콘텐츠, 서울시 청년허브와 함께 프로젝트 성과집을 만들기도 했다. 대체로 이런 글에서는 작가가 누구냐는 중요하지 않기에, 프리랜서가 자신의 이름을 내걸지 않는 경우가 많다.

마지막으로, 글쓰기와 관련된 각종 강연을 하는 경우다. 소설가는 인세보다 강연료로 먹고산다는 말이 있을 정도다. 강연료가 높아서 그런 게 아니라 글값이 그만큼 싸기 때문이다. '내 삶의 첫 문장 쓰기', '작가 지망생을 위한 소설 수업', '하루에 열 문장씩, 꾸준히 글쓰기 습관 기르기' 등 다양한 강연이 열린다. 나는 주로 독립 출판물 강연을 한다. 지역 문화센터, 시민을 위한 아카데미, 각종 모임에 불려다니다 보면, 글 노동자로 살아남기 위해서는 말을 잘하는 능력까지 갖추어야 하는 건가 싶다.

만약 인세만으로 먹고살 수 있다면 작가라는 호칭에 떳떳할 수 있을까? 어느 정도 어깨가 펴질 것 같기는 하다. 그건 '작가'가 '예술가'의 카테고리에 있는 것처럼 여겨지기 때문이다. 예술가! 멋지지 않은가! 그러나 '글 노동자'라는 말은 '노동자'의 카테고리에 있다. 누군가의 인생을 대신 써주거나 그의 말을 정리해주는 일도 가치 있고 재밌는 일이지만, 그런 일을 할 때 나는 스스로를 '노동자'로 정의한다. 클라이언트가 원하는 글을 써내고, 프로젝트 목적에 맞는 글을 생산하고, 감동은 없을지언정 필요한 말이 다 들어가도록 만든다. 글로 만드는 것이 꼭 예술이어야 한다고는 생각하지 않는다. 그러므로 글로 먹고살겠다는 꿈을 꾸려면, 구체적으로 글이라는 게 나에게 무엇을 의미하는가에 대한 답을 먼저 찾아야 한다. 소설만 쓰며 '작가'로 자리매김하고 싶은지, 아니면 글이라는 도구를 통해 밥벌이를 하고 싶은지 말이다.

글 노동의 기쁨과 슬픔

글쓰기 플랫폼이 많아지고, 출판되는 책의 종수가 늘어나고, 독립 출판물이 폭발적으로 증가하면서 글을 써서 먹고사는 삶에 대한 질문도 많이 받는다. 세상일이 다 그렇겠지만 글을 써서 생계를 유지한다는 것에도 장단점이 있다.

직업으로서 글 노동의 장점은 노동 장소와 시간에 제한이 없다는 거다. 어디에서 써도 노트북 한 대만 있으면 거뜬

하다. 외주를 받다 보면 세상의 온갖 일에 기웃거려 볼 기회도 많다. 다양한 사람을 만나고, 새로운 분야에 대해 아는 재미도 쏠쏠하다. 또 다른 노동보다 오래 할 수 있다는 장점도 있다. 글쓰기 역시 '엉덩이 싸움'인지라 오래 앉아 있다 보면 골병이 들고, 결국 체력이 좋은 자가 이긴다는 풍문도 있지만 상대적으로 나이가 들어서도 하기 좋은 직업이다. 단점은 외주 글쓰기의 경우 진입 장벽이 낮아 경쟁이 치열하고, 경력이 쌓인다고 해서 꼭 급여가 올라가지는 않는다는 점이다. 글값은 다른 작업 결과물값에 비해 싼 편이다. 원고지 매당 1만~2만 원 수준이라 하루에 한 편꼴로 글을 '찍어내야' 한 달에 300만 원을 벌 수 있다.

내 삶의 이야기를 쓰고 팔아야 하는 일이기에

그럼에도 불구하고 글 노동자로 살고 싶다면 어떻게 해야 할까? (예술가로 살고 싶다면 등단하거나 책을 내야겠지만 여기서는 일단 글 노동자의 삶에 대해 말해보도록 하자. 글을 얼마나 잘 쓰는가, 어떻게 잘 쓰는가는 여기서 이야기할 주제는 아닌 것 같다.) 글 노동자로서 생계를 유지하기 위해서는 우선 자신을 많이 알려야 한다. 조직에 적을 두었었다면 그곳에도 내가 할 수 있는 일을 알리자. SNS에 할 수 있는 일을 어필하고, 주변에 글 노동자가 있다면 일을 나눠달라고도 해보자. 아무도 내게 글을 맡기지 않는다면 내가 쓸 수 있는 글을 써서 내 SNS에 꾸준히 쌓자. SNS가 포트폴리오가 되는 세상이지 않은가. 직접 만든 독립출판물도 포트폴리오가 되어 일로 연결될 수 있다.

그리고 자신이 세상에 하고 싶은 이야기가 무엇인지 생각하고, 내가 꾸준히 초점을 둘 주제를 잡자. 시인이 아닌 글 노동자에게 글은 메시지를 전하는 도구이지 메시지 자체는 아니다. 에세이스트로 살고 싶다면 자신이 쓸 수 있는 에세이 주제를 생각해보자. 마트 노동자로서의 삶에 대해 쓸 수도 있고, 다자연애에 대해 쓸 수도 있을 거다. 당장 쓸 만한 한두 가지가 떠올랐는가? 하지만 질문은 여기부터다. 그 이야기를 다 쓴 다음에는 뭘 쓸까? 에세이스트로 산다는 건 자신의 일상에서 독자가 읽을 만한 재료를 꾸준히 찾으며 산다는 뜻이다. 출판 시장에서 문장력보다 콘텐츠가 더 힘을 발휘하는 요즘, 글솜씨를 갈고 닦는 것만큼이나 중요한 건 자신 안에 어떤 이야기가 있느냐이다.

프리랜서로 일할 수 있는 다양한 (거의 모든) 직업 중 글 노동자로 사는 게 특별히 더 예술적이거나 가난하진 않다.

자신의 목구멍을 책임질 수 있는 프리랜서로 사는 데에는 여러 덕목이 필요한데, 글 노동자에게 필요한 덕목도 크게 다르지 않다. 자신을 알리고, 영업을 하고, 계약서를 잘 챙기고, 돈을 또박또박 받아내고, 어느 정도의 사회생활을 견뎌내는 삶이다. 글쓰기를 좋아하는 사람들 중 이런 일들을 잘해내는 경우는 어쩐지 다른 업종에 비해 많지 않은 것 같은데, 그래도 어떻게든 노력해보자고 당부하고 싶다. 어른들 말대로, 이게 다 먹고살자고 하는 일이다!

프리랜서로서
전문성을 갖출 수 있을까?

언젠가 내게도 아이가 생긴다면(물론 계획은 전혀 없다) 나는 그 꼬마에게 세상의 온갖 직업에 대해 매일 밤마다 이야기해주고 싶다. "세상에는 의사라는 직업이 있어. 대부분 돈을 잘 벌지만 공부를 너무 많이 해야 하는데다 노동 강도도 세서 무조건 좋은 직업은 아닌 것 같아"라든가 "글을 써서 먹고 사는 직업도 있어. 그렇지만 추천하고 싶지는 않구나. 왜냐고? 엄마를 보렴" 따위의 이야기를 들려주고 싶다. 그런 상상을 해본 이유는 내 부모님이 내가 어렸을 때 별다른 직업적 조언을 해주지 않았기 때문이다. 엄마가 해준 몇 안 되는 조언은 이런 것이었다.

"사람은 기술을 가져야 해."

"공부를 오래 해도 전문직을 생각해보는 건 어때?"

그때 그 말을 들을 걸! 이제 왜 그런 조언을 했는지 충분히 이해하고도 남는 어른이 되었다. 자격증을 가지면 나 혼자 독립하기가 수월하고, 기술을 가지면 어디 가서 밥 굶지 않을 확률이 높다. '내가 더러워서 일 관둔다!'라고 이야기할 수 있는 사람은 다른 곳에서 일자리를 구할 수 있는 사람이다. 영화 <설국열차>에서도 꼬리칸을 탈출할 수 있었던 이들이 기술직이었던 걸 기억하라! 어쩌면 기술이란 노동하는 인간으로서의 존엄성을 지켜주는 마지막 무기가 아닐까? 지금와 새삼 그 이야기들을 곱씹어본다. 나는 기술을 가졌을까? 나는 전문직일까?

당신의 일에는 전문성이 있냐는 물음 앞에서

여기서 이야기하는 전문성은 진짜 전문직과는 거리가 멀다. 물론 '전문직 프리랜서'도 많다. 프리랜서는 직업이 아니라 노동 형태이기 때문이다. 회계사 프리랜서도 있고 변리사 프리랜서도 있다. 감정평가사 프리랜서도 있고 관세사 프리랜서도 있다. 법인에 소속되어 있지만 실질적으로 업무의 자유가 보장되어 있어 거의 프리랜서나 다름없이 일하는 경우도 많다. 그러나 전문직이 아닌 대부분의 프리랜서에게 '전문성을 가졌느냐'고 묻는 건 참 어려운 일이다. 그건 노동의 형태로 결정되는 것이 아니라 업종의 형태로 결정되기 때문이다.

그래서, 프리랜서의 전문성에 대해 이야기하려면 세상이 전문직이나 기술직이라고 분류하는 분야 외에서 일하는 사람들에 대해 둘러봐야 한다. 공연 안무를 짜거나, 웹툰을 그리거나, 아이들에게 수학을 가르치는 일로 먹고사는 사람들에 대해서. 세상이 인정하는 '전문직' 타이틀은 없지만 자신만의 일하는 노하우가 있는 사람들에 대해서 말이다. 그럼 이런 프리랜서들이 말하는 전문성이란 무엇일까?

이런 시대에 대체 불가능한 사람이 된다는 것

"이 분야에서는 내가 전문가야."

그렇게 본인이 외치고 싶다고 하더라도 외부에서 인정해주지 않는 이상 프리랜서로서 전문성을 갖췄다고 말하기는 어렵다. 세상에서는 대략 이런 조건을 갖춘 사람에게 '전문성이 있다'라고 하는 것 같다.

첫째 조건은 "그 사람 아니면 안 돼"라는 평가다. 웹툰 작가 A의 웹툰은 오직 A만 만들 수 있다면, 신발 디자이너 B의 신발은 오직 B만이 제작 가능한 것이라면, 번역가 C의 번역에 고유성이 있다면 세상은 그를 전문적이라고 평가한다. 굳이 그 분야의 최고여야 하는 것은 아니다. 미대를 졸업한 이에게는 우습게만 보이는 선 몇 줄로 그림을 그리는 웹툰작가라도 독자들이 그 그림을 좋아하고, 쉽게 따라할 수 없는 스타일을 가졌다면 전문성이 있다고 본다.

둘째는 "그거 아무나 할 수 있는 거 아니야"라는 평가다. 업계의 진입 장벽이 높은 경우다. 글쓰기처럼 누구나 펜과 종이만 들면 할 수 있다고 여겨지는 영역에서는, 진입 장벽이 낮기 때문에 누구도 전문성을 인정받기가 어렵다. 그렇지만 예를 들면 배관을 고치는 일은 누가 생각해도 하루 이틀 배워서 할 수 있는 분야가 아니다. 직원 중 한 명을 골라 '일단 네가 해 봐'라고 말하기는 어려운 영역이다. 그럴 때 우리는 그 분야가 전문적이라고 생각한다.

셋째 조건은 '인플루언서' 여부다. 실제로 그 사람이 옷을 얼마나 잘 만드느냐, 트레이닝을 얼마나 잘 시켜주느냐보다 그가 얼마나 팬이나 팔로워를 많이 확보했느냐가 그의 전문성을 가늠하는 지표가 되는 경우가 많다. 우리는 정교한 그림보다 SNS에서 '좋아요'를 많이 받는 그림을 그리는 사람을 원하고, 완벽한 배합의 칵테일을 만드는 바텐더보다 유튜브 천만 구독자를 가진 바텐더와 일하고 싶어한다. 영향력은 전문성에 대한 이 시대의 새로운 기준이다.

프리랜서는 전문성을 어떻게 기를까

애초에 진입 장벽이 높은 분야라면 전문성을 인정받기가 비교적 수월하겠지만, 그렇지 않은 대부분 분야의 프리랜서들은 '노브랜드'로서의 설움을 삼키며 자신의 단가를 낮춰 일을 모은다. 요즘처럼 모든 분야의 진입 장벽이 낮아지는 세상에서 프리랜서로 살아남기 위해서는 자기만의 전문성을 기르는 작업이 꼭 필요하다. 그렇다면 어디서부터 어떻게 시작할 수 있을까?

　하나의 방법은 SNS를 멀리하는 자신을 '쿨'하게 여기지 않는 자세를 갖는 것이다. 자신만의 브랜드를 만들고 영향력을 구축해나가는 것은 이 시대에 프리랜서로 사는 사람이라면 하기 싫어도 해야만 하는 일이다. 골방에 틀어박힌 채 장인 정신을 발휘하며 내가 만들 수 있는 최고의 도자기를 위해 가다듬고, 또 가다듬는 시대는 지났다. 아무도 그 도자기가 최고인지 모를 테니까. 가끔 책을 만드는 편집자 중에 '나는 좋은 책을 만들었으니 이제 됐어'라고 생각하는 사람도 있고, 작가 중에 '책으로 할 말 다 했어. SNS는 내 성향에 안 맞아'라고 말하는 이도 있다. 그러나 SNS로 소비자와 소통하는 일은 이제 마케터만의 일이 아니라 모두의 미션이다. 온라인으로 세상과 연결되어 있지 않으면 프리랜서의 전문성을 뒷받침하는 영향력을 만들어내기 어렵다.

둘째 방법은 일과 상관없더라도 고유한 스타일을 담아 자신을 드러낼 수 있는 콘텐츠를 꾸준히 만들어내는 것이다. 브랜드 구축에 대해서는 다른 장에서 자세히 이야기하겠지만, 대체 불가능한 나만의 스타일을 만드는 건 지속적인 일감을 보장하는 하나의 수단이다. 그렇지만 먹고 살기도 바쁜데 언제 내 브랜드가 드러나는 작업물을 만들까? 나는 어떤 일을 선택해서 내 브랜드를 유지할 수 있을까?

일단, 스타일을 만들기 위해 최대한 내게 들어오는 일의 결을 하나로 맞추는 전략을 추천한다. 돈이 되는 외주 일을 중구난방으로 받다보면 자신의 브랜드를 쌓는 일은 점점 더 요원해진다. 축제 기획사를 다녔던 이력 덕분에 나에게는 행사의 프로젝트 매니저를 맡아달라는 요청이 종종 왔고, 그런 일을 하다 보면 관련 외주가 꼬리에 꼬리를 물고 들어오곤 했다. 마케팅을 해달라거나 전시를 기획해달라는 요청도 있었지만 연차가 쌓이면서 그런 일들은 줄여나갔다. 글을 쓰고 싶었기 때문이다. 이제 나는 글을 쓰거나 책을 만드는 작업, 그것과 관련된 강연 중심으로 일을 만들어나간다.

외주로 들어오는 일들로 브랜드를 만들기 어려우면 하고 싶은 일과 해야 하는 일을 나눠서 균형을 잡아볼 수도 있다. 회계부서에서 일하는 회사원이 퇴근 후에 도자기를 빚듯이, 돈을 버는 일과 하고 싶은 일의 거리를 멀리 떨어뜨려놓는 것도 방법이다. 『저, 청소일 하는데요?』를 쓴 김예지 작가 같은 경우다. 그는 청소 일로 생계를 유지하면서 일러스트레이터 활동도 활발히 하고 있다. 청소부와 일러스트레이터 사이에는 꽤 먼 거리가 있지 않은가! 언젠가 그와 대담할 일이 있어 "청소 일을 추천하는지" 물었더니, "일하는 시간 대비 페이가 괜찮다"며 "추천한다"는 대답이 돌아왔다.

그는 일주일에 네 번 청소 일을 하고, 나머지 시간에는 그림을 그리거나, 강연과 모임을 다닌다고 했다. 동시에 전혀 다른 분야의 일을 하는 건 새로운 시너지를 경험하는 방법인 것 같았다. 게다가 내가 꿈꾸던 육체노동도 함께 할 수 있다니! 그러나 두 가지 일을 한 번에 하려면, 둘 중 돈을 벌기 위해 하는 일의 벌이가 생계를 유지할 만큼 충분해야 한다.

그래서 프리랜서들은 가끔 정부의 지원 사업을 노린다. 지원금을 받아봤자 인건비로 지출할 수 있는 경우는 거의 없음에도, 적어도 자신이 하고 싶은데 돈이 되지 않는 일을 해볼 수 있기 때문이다. 공익이라는 명분을 걸고, 혹은 예술이라는 장식을 달고 말이다. 예술가들이 입주할 수 있는 작업 공간에 지원을 해보기도 하고, 사회의 중요 의제와 관련된 작업을 해볼 자금도 얻는다. 그러나 세금을 쓰는 일이 그렇게 호락호락할 리 없다. 정부 지원 사업은 지원 절차가 까다롭고 증명 서류가 넘쳐난다. 민감하거나 정치적인 이슈에 대해서 다루지 못하는 것은 말할 것도 없다.

뭐든 일단 해보는 용기로부터

자신만의 전문성을 갖추는 과정은 영역이나 작업 스타일에 따라 각각 다르다. 백 명의 프리랜서에게는 백 가지의 노하우가 있을 것이다. 자신의 일을 실험해보고, 남들은 어떻게 하나 기웃거려보고, 이 길 저 길 눌러보다 보면 어느새 자신만의 전문성을 갖추게 될 것이다. 프리랜서의 한결같은 덕목은 과연 '일단 해보는 것'이다.

　글을 가장 잘 쓰는 사람이 작가가 되는 게 아니라, 자신의 못난 글을 세상에 지속적으로 내보이는 용기를 가진 사람이 작가가 된다는 이야기를 들은 적이 있다. 전문성을 가지는 게 프리랜서로서 오래 살아남는 수월한 방법이기도 하지만, 사실은 프리랜서로서 오래 살아남았다는 것 자체가 그의 전문성을 보여주는 것일지도 모른다. 그러니 일단 살아남기를. 자신을 세상에 내보이는 용기를 가지기를!

③

"제가 프리랜서가 맞을까요?"

"제가 프리랜서가 맞는지 모르겠지만"

프리랜서 팟캐스트 <큰일여>에는 이런 문장으로 시작하는
사연이 심심치 않게 들어온다. 프리랜서 대상 팟캐스트지만
청취자의 상당수는 회사원이나 공무원, 학생, 전문직, 자영
업자다. 때로는 자신을 프리랜서라고 해야 할지, 학생이라고
해야 할지, 회사원이라고 해야 할지 '정체화'하지 못한 이들
도 있다. 프리랜서가 되는 자격 시험이라도 있는 게 아니건만,
이 예의 바른 청취자들은 '프리랜서도 아닌 제가'라거나 '제
가 프리랜서인지 잘 모르겠지만' 같은 단서를 달아 사연을

보낸다.

직업을 묻는데 프리랜서라고 답하는 건 어쩌면 엉뚱한 일

자신을 프리랜서로 소개하기를 망설이는 그들의 마음을 나는 이해하고도 남는다. 첫 회사를 그만두고 알음알음 들어온 프로젝트로 생계를 연명하던 때 나도, 직업이 무엇이냐는 질문에 할 말을 잃곤 했다. 강원도에 있는 한 지역 기반 잡지를 만들 때면 출판업을 한다고 답할 수도 있었고, 원고를 넘겨 피자라도 한 판 시켜 먹을 때면 작가라고 말할 수도 있었다. 그러나 프로젝트는 하나당 길어야 일 년을 넘기지 않았기에, 지금 하고 있는 일만으로 내 직업을 설명하는 건 부족했다. 당장 내일이라도 다른 프로젝트로 넘어갈 수 있었으니까. 내일의 나는 마케터일 수도, 바텐더일 수도 있었으니까. 나는 프리랜서라는 대답을 하면서도 어딘가 석연치 않은 기분을 느끼곤 했다. 그들이 궁금해 하는 건 내가 '무엇'을 하느냐지 '어떻게' 하느냐는 아닐 터였다. 직업이 무엇이냐는 질문에 프리랜서라고 답하는 건 어쩌면 엉뚱한 응답인지 모른다.

아니, 어쩌면 그래서 프리랜서라는 두루뭉술한 단어가

생긴 건지도 모르겠다. 프리랜서는 사실 직업이 아니라 노동 형태다. 특정 기업 등 조직에 속하지 않고, 개인으로서 독립적인 노동을 제공하는 것을 일컫는다. 어떤 조직에 속하지 않은 개인이라는 정의는 범위가 지나치게 넓어서 웬만한 노동 형태를 다 포괄한다. 개인사업자와 스튜디오를 가지고 있는 사진작가는 프리랜서다. 사업자는 있지만 사무실은 없는 번역가도 프리랜서다. 케이크를 만들어 배달하는 일을 하기 때문에 사무실 없이 공용 키친을 이용하는 파티셰도 프리랜서다. 사업자도 사무실도 없이 집에서 포스터 디자인을 하는 디자이너도 프리랜서다. 따지고 보면 반려견과의 생활을 찍어 유튜브에서 십만 구독자를 달성한 유튜버도 프리랜서고, 인스타에서 여행을 다니는 사진을 올리는 것만으로도 수십만 개의 '좋아요'를 받는 인플루언서도 프리랜서다.

정리해보면 프리랜서는 사업자나 사무실이 있을 수도 있고 없을 수도 있으며, 그들이 제공하는 노동 역시 사회가 생각하는 전통적인 형태가 아닐 수 있다. 프리랜서의 경계는 무지개의 빨간색과 초록색 사이처럼 모호하다. 어쩌면 회사원의 여집합을 다 프리랜서로 묶는다고 하더라도 크게 이의를 제기하는 사람이 없을지 모른다. 그렇다면 정말 조직 밖에 있는 사람들은 모두 프리랜서일까? 특정 일을 하는 프리랜서를 정의할 수 있는 최소한의 기준은 없을까? 혹시 그 일로 얻는 수입을 기준으로 삼아야 하는 걸까?

생계가 달린 일만 직업일까

한번은 <큰일여>에서 이런 사연을 받았다.

> '번역 일을 하고 있습니다. 그렇지만 제가 번역으로 버는 돈은 너무 적어서 생계를 유지하기가 힘들어요. 남편이 집안 경제의 대부분을 담당하고 있습니다. 제가 프리랜서라고 할 수 있을까요?'

나는 그 질문에 바로 대답하기 어려웠다. 혼자서 1인분의 경제적 몫을 다 하지 못한다면 그는 프리랜서가 아닌 걸까? 나는 내 목구멍에 들어갈 밥만큼은 내가 벌어야 한다는 걸 내생에 마지막 남은 고집처럼 붙들며 산다. 누군가에게 내 직업을 말할 때 부끄러운 적이 없었던 건 내 밥그릇에 담길 쌀을 직접 벌어왔다는 점 때문이었다. 내 삶의 주체성을 지키는 건 사실 돈이었다. 내가 내 생계를 혼자 책임지지 않더라도, 스스로 내가 하는 일을 '직업'이라고 말할 수 있을까, 망설였다.

그가 버는 돈은 얼마인지 궁금해졌다. 그 부부가 쓰는 생활비는 또 얼마인지 궁금해졌다. 꼬리에 꼬리를 무는 질문은 '프리랜서란 무엇인가'를 넘어서 결국 '일이란 무엇인가'까지 나아갔다. 자신의 생계를 충분히 책임질 만큼 돈을 버는 일이어야 일인 것일까? 일을 정의하는 절대적 기준이 돈이라면, 어느 정도 벌어야 '아르바이트'고, 또 어느 정도 벌어야 '직업'이 되는 걸까?

만약 그가 번역을 하는 프리랜서가 아니라 번역을 하는 업무를 맡은 회사원이었다면 어떨까? 그의 월급이 채 150만 원이 되지 않는다고 하더라도 그에게 직업이 없다고 말하는 사람은 없을 것 같다. 혹은 그가 월급 60만 원만 받는 선교사라면 어떨까? 연봉이 적다고 해서 자신의 직업을 의심하지는 않을 것 같다. 만약 어떤 배우가 극단에서 월 30만 원을 받고 편의점 아르바이트로 90만 원을 벌어 생계를 유지한다고 해도 우리는 그를 '편돌이'라고 폄하하는 대신 배우라 추어올릴 것이다.

회사에서 받는 연봉이 적은 사람이라고 해서 그를 회사원이 아니라고 말할 수는 없는 것처럼, 프리랜서로 일하면서 버는 돈이 생활하기에 충분하지 않다고 해서 그가 프리랜서라 불릴 수 없는 건 아니다. 사연 속의 그가 가정에서 남편과 경제적 균형을 이루고 사는지 여부는 직업의 인정과는 별개로 생각해야 하는 문제다. 일을 정의하는 것은 단순히 수입이 아니기 때문이다.

프리랜서는 테스트를 통과해서 자격을 취득해야 하는 직업도 아니고, 요건을 채워야만 가입이 되는 조직 구성원도 아니다. 자신을 '○○하는 프리랜서'로 정의하는 것은 자신이다.

우리의 일이 바닥에 어질러진 레고 조각 같은 까닭

프리랜서가 뭐라고, 이렇게 자신을 프리랜서로 정체화하는데 깊은 고민이 필요하단 말인가! 어쩌면 그것은 자신을 명명하는 사회적 이름을 갖고 싶은 우리의 본질적인 욕구와 관련이 있는지도 모른다. 우리는 수많은 정체성에 결부된 이름들을 가지고 산다. 누군가의 연인이자 부모이고, 아들이자 딸이고, 친구이자 선배다. 그런 관계 속 이름도 중요하지만, 일의 영역에서 무엇으로 불리느냐도 중한 이슈나. 대표, 사장,

과장, 차장 같은 직함뿐 아니라 작가, 일러스트레이터, 상담가, 미용사 같은 직업명도 필요하다. 내가 어떤 일을 하고 있다고 하더라도, 내가 하는 일을 명명하는 이름이 없다면 사회는 나를 밖으로 밀어낸다. 세상에는 하나의 단어로 정리될 수 없는 직업을 불러줄 만한 정성도, 통상적인 카테고리 밖의 누군가를 위해 새로운 카테고리를 만들 만한 여유도 부족하다. 때로 우리의 일은 들어갈 서랍이 마땅치 않아 바닥에 어질러진 레고 조각들 같다. 생각하고 판단하고, 치워버려야 할 일이 너무 많은 사회에서 규정된 색을 가지지 않은 레고는 성가실 뿐이다.

『프리낫프리』의 이다혜 편집장이 주최하는 프리랜서 모임에 참여했을 때가 생각난다. 저녁 일곱 시에 시작한 행사는 내가 자정에 떠난 후에도 새벽 세 시까지 계속되었다. 서른 명 남짓한 프리랜서가 모였던 그 모임의 특성은 그 누구도 조용히 있지 않았다는 것이다. 누가 프리랜서가 내성적이라고 했던가. 내가 참여했던 어떤 회식보다 활기찼고, 사람들은 어떤 조직 구성원들보다 수다스러웠다.

"사람들 말 정말 많이 한다."

내가 이다혜 편집장에게 농을 건넸다.

"아무 말도 안 하는 그룹이 없는 것 같아."

시계를 보니 자정이 가까웠다.

"막차 끊기지 않았어?"
"거의 아무도 안 간 것 같아."
"프리랜서가 회식을 싫어한다고 누가 그랬지?"

혼자 일하는 프리랜서들이 모여서 그런 걸까? 혼자 일해서 말할 사람이 없었노라고, 혼자 일하는 게 좋긴 했지만 계속 혼자 있으니 좀 외로웠노라고, 프리랜서로서의 고충을 회사원들에게 털어놓으면 이해받지 못했노라고, 그곳에 온 프리랜서들은 말했다. 프리랜서라는 모호한 그룹, 그리고 비정기적인 모임이 그들 모두에게 필요했다.

유연한 노동을 수행하는 많은 노동자들이 고작 '프리랜서'라는 두루뭉술한 그룹 안에서 위로를 받는 걸 보면, 과연 우리에게 일이란 단순히 돈벌이 수단만은 아니라는 걸 실감하게 된다. 우리는 일을 나의 존재를 인정받거나 사회 구성원으로서 안정감을 느끼기 위한 매개로 여기기도 한다.

프리랜서가 뭐라고! "우리는 프리랜서입니다"

미래에는 모두가 프리랜서가 될 거라고 한다. 그때 '프리랜서'의 어감과 의미는 지금 '프리랜서'와는 또 다를 것이다. 모두가 프리랜서가 되는 시대라면 오히려 '프리랜서'라는 단어가 없어질 수도 있지 않을까?

한마디로 정리하기도 모호한 프리랜서. 이게 무슨 대단한 벼슬이라고 스스로를 프리랜서라고 소개하는 게 망설여질까? 벼슬이라기보단 화전민에 가까운 게 아닌지. 자신만의 작은 땅뙈기를 열심히 일구는 화전민 말이다. 그런 마음으로 프리랜서라고 말하기를 주춤거리는 사연의 주인공들에게 "당신도 프리랜서입니다!"라고 당당하게 외치곤 한다.

"조직 없이 혼자 일하고 있나요? 그렇다면 당신도 프리랜서죠!"

④
여성 혐오 사회에서
여성으로 일하기

"너 혹시 페미니스트, 뭐 그런 거야?"

영화 제작사와 함께한 프로젝트가 끝나고, 뒤풀이 자리에서 배우가 그렇게 물었다. 내가 <큰일여>를 운영하고 있다고 밝한 후였다. 이름부터 페미니스트 향내가 풀풀 풍기다 보니 이런 질문을 곧잘 듣는다. 그럴 때마다 우리말의 뉘앙스에 대해 새삼 감탄하게 된다. '너 페미니스트니?'와 '너 혹시 페미니스트, 뭐 그런 거니?'는 얼마나 다른가! 그는 곧이어 다른 펀치를 날렸다.

"그렇게 안 보였는데."

페미니스트, 뭐 그런 거냐고요?

내가 생각하는 '페미니스트'와 그가 생각하는 '페미니스트, 뭐 그런 거'에 차이가 있는 걸까? 아니면 그는 모든 성이 평등해야 한다는 상식에 반기를 드는 걸까? 그가 그런 말을 하는 순간 내가 그를 바라보는 시선이 변한 것처럼, 그가 나를 바라보는 시선 역시 내가 페미니스트라 말하는 순간 달라졌을 것이다. 그러나 그 말에 어떻게 대답을 해야 할까 내가 고민하는 무게만큼, 그도 그런 질문을 던질 때 어떻게 던져야 하나 고민하지는 않았을 거다. 그건 그가 클라이언트고 내가 프리랜서여서가 아니라, 그가 남자이고 내가 여자이기 때문이다. 권력이란 어쩌면 '그런 거'에 대해 생각하지 않을 수 있는 자유인지도 모른다. 고민하지 않고 질문할 수 있는 힘일지도 모른다. 힘 있는 자들의 질문은 그래서 '실례가 안 된다면', '괜찮으시다면' 따위의 사족 없이 깔끔하다.

내가 채 대답하기도 전에 주변에 있던 남자 작가와 감독이 후다닥 입을 열었다.

"나도 페미니스트인데?"

"저도 페미니스트예요."

나는 막 자신이 페미니스트라고 말하는 감독의 영화를 본 참이었는데, 스릴러물인 그 영화의 거의 모든 출연진이 남자였다. 여자라고는 네 형제의 늙은 어머니와, 밥상을 차려주는 역할이 전부인 며느리뿐이었다. 평생 아들들 뒷바라지만 하다 돌아가신 어머니에 대한 회한과, 역시 자신들을 잘 돌봐준 누이에 대한 추억이 잘 스며든 그 영화를 보며 나는 감독이 과연 이 성비의 기이한 불균형에 대해 생각해봤을까 싶었다. (단역 외에는) 여자만 나오는 영화를 보면 우리는 분명 어딘가 어색하다고 느낄 터인데, 어째서 반대의 경우에는 그렇지 않은 걸까? 네 자매가 모여 밥을 차려주었던 아버지와, 늘자신들 생각뿐이었던 오빠에 대한 추억을 곱씹으며 남편이차려준 술상을 흥청망청 즐기는 영화. 술상을 차려 준 형부에게 술을 따르게 하고, 몇만 원쯤 쥐여주는 그런 영화. 그런 영화를 나는 본 적이 없다. 감독은 정말 페미니스트였나?

욕을 하지 않는다고 혐오가 아닌 것은 아니다

인터뷰를 하다 보면 종종 이런 말을 듣는다.

> "이렇게 말해도 될지는 모르겠지만, 저는 여자로서의 차별
> 을 남들보다 적게 받은 편이라고 생각해요."

이렇게 말해도 될지 모르겠지만, 사실 나도 다른 사람보다
차별을 덜 '느끼고' 살았다고 생각한다. (이 말이 조심스러운 이유
는 내가 민감하게 느끼지는 못했지만 분명히 존재한 차별이 있었을 것이고,
그것에 대해 인식하지 못했다고 해서 차별받지 않았다는 뜻은 아니기 때문
이다. 또 '내가 덜 느꼈다'고 표현하는 것이 차별받았다고 느끼는 사람을 '예
민한 사람' 취급하는 이유로 쓰이거나, 여타의 사회 권력을 가진 사람이면
여성으로서의 차별을 덜 받는다는 말처럼 들릴 수도 있기 때문이다. 설사 그
것이 사실이라고 할지라도 권력을 가지지 않은 사람으로서 나는 언제나 말
하기 전에 자기 검열을 하게 된다.)

　한 번 더 조심스럽게 말해보자면, 프리랜서로 일하면서
여성 혐오의 발언 때문에 불편했던 적이 남들보다는 적을 것
같다. 그건 내가 조직 밖에 있어서라기보다는 내가 일하는
분야에 종사하는 사람들의 특징이다. 책을 만들고 글을 쓰

고 사회적경제와 관련된 이들은 비교적(!) 젠더 감수성을 중요한 덕목으로 여긴다. 페미니스트라 자처하고, 모든 젠더에 열려 있다고 공언하는 사람이 많다.

게다가 '감수성'이 지성인의 새로운 책무가 된 사회에서, 일하는 자리에서 본격적인 여성 혐오 발언을 지껄이는 사람은 (적어도 내 지인 중에는) 많지 않다. 그들도 온라인 어딘가에선 익명의 목소리로 혐오 댓글을 달지 모르지만, 적어도 명함을 내밀며 만나는 자리에서는 가식적인 예의라도 차린다. 그러나 여성 혐오를 욕설과 함께 내뱉지 않는다고 해서, 그가 혐오에서 자유로운 건 아니다.

가끔 누군가의 입에서 툭 하고 뱉어져 나오는 여성 혐오 단어나 표현은 나를 질겁하게 했다. "한국 여자는 품에 쏙 들어와서 좋다"든지, "여자들은 예민해서 디테일을 잡는 일을 맡겨야 한다"든지, "여자가 이런 일(몸 쓰는 일) 하기 힘든데 대단하다"든지. 자기 딴에는 칭찬이라고 하는 말들 속에 숨겨진 그들의 생각을 되짚어보며 나는 어디까지 침묵해야 하는지 고민했다.

예를 들면, 이런 말은 어떤가?

"어리고 예쁜 분과 함께 일하니 일이 더 잘되는 것 같아요."

"결혼해서 남편보고 일하라고 해요. 내가 여자라면 그렇게 할 텐데."

칭찬과 진심이 담긴 조언이라고 해서 그것이 혐오가 아니라고 말할 수는 없다. 언젠가 남미를 여행하는 동안 나는 아시아 여자에게 따라붙는 집요한 캣콜링 때문에 힘들기도 했지만, 아시아 여자를 만만히 보는 시선 때문에 보안 검사를 편안하게 통과할 수도 있었다. 그렇지만 보안 검색대에서 깐깐하게 굴지 않는 그들의 태도 깊은 곳에는 무엇이 있었나? 검은 머리의 작은 여자를 보는 그들의 시선에는 무엇이 있었나? '귀여워서', '보살펴주고 싶으니까' 따위의 말에는 상대를 자신과 동등한 위치로 보지 않는 무시와 폄하가 깔려 있다. 귀여운 애완동물 취급을 받는다고 기뻐할 사람은 없다.

여성 혐오에 대처하는 나만의 방법

여성 혐오 사회에서 여자로 일하면 매 순간이 '미션'이다. 어디까지 용인하고, 어디서부터 화를 내야 할지 테스트를 받는다.

한 공공기관의 센터장, 한 여자 작가와 함께한 업무 미팅 자리에서 작가에게 이런 말을 들은 적이 있다.

"저는 여자는 집에서 살림하는 게 맞다고 생각해요."

당시 나는 그와 함께 글 쓰는 작업을 석 달째 하고 있었는데, 그렇게 셋이 만나기 전까지는 들어본 적 없는 말이었다. (그는 자기 입으로 페미니스트라고 말한 적이 없지만) 꽤 멋진 커리어를 가진 여성이라는 점 하나만 보고 나는 그가 페미니스트일 거라고 완전히 오해하고 있었다.

"남자가 집에서 살림을 해도 되잖아요? 여자가 나가서 일해도 되죠."

당황한 센터장이 어떻게든 그의 말을 적절하게 포장하려고 했을 때 그는 우습다는 듯 어퍼컷을 날렸다.

"제가 여자들하고 일해봐서 아는데 여자들 모아놓으면 서로 질투하고 시기하기만 하지 남자들처럼 무던하게 일을 못해요."

그의 강력한 주장에 나와 센터장은 말을 잃었다. 이렇게 적극적인 혐오의 문장을 들은 지가 얼마만인가. 그 이후에도 그는 나와 둘이 있을 때가 아닌 다른 사람과 함께 미팅을 할 때면 여성 혐오 발언을 뱉었다. 나는 어느덧 그의 패턴을 발견했다. 소위 높은 자리에 있는 사람과 있을 때만 적극적으로 그런 말을 하는 것이었다. 어쩌면 그는 (자신을 비롯한) 여성을 얕잡아 보는 말을 했을 때 권력을 가진 이들에게 칭찬을 받았던 게 아닐까? 그런 행동이 지속적으로 보상받았기에 자기도 모르게 그것을 반복하는 게 아닐까? 그가 그런 말을 할 때면 나는 이상하게 화가 나기보다는 좀 슬펐다.

일하는 곳에서 상대방의 혐오 발언에 대처하겠다고 마음먹어도 그건 결코 쉬운 일이 아니다. 나는 여성이기도 하고, '을'이기도 해서 이중적 약자이기 때문이다.

여자들에게는 늘 '부드럽게 대처할 것' 혹은 '유머 있게 받아칠 것'이 권장된다. 그건 조직에 있을 때도 어느 정도는 마찬가지였다. 조직에 있으니 안전할 거라는 건 착각이다. 조직 안에서 용감하게 목소리를 내는 여성들이 따돌림을 받거나, 예민한 사람으로 취급되어 자기가 원하지 않는 부서로 옮겨지는 사례는 너무 많다.

화가 나서 쏘아붙이면 '드센 여자'가 되고, 부드럽게 유머로 승화하면 무슨 말인지 못 알아듣는 경우가 허다하다. 무엇이 좋은 대처 방안인지 고민하는 것도 권력이 없는 자의 몫이다. 내가 상대의 혐오 발언에 대해 반발한다고 하더라도 그들이 나를 이상한 여자 취급할 뿐 변하는 것은 없을지도 모른다. 그럼에도 굳이 그 상황에서 발끈하는 이유는 '그런 말을 하면 누군가는 화를 낸다'는 것을 알리기 위해서다. 상대가 뼛속 깊숙이 반성을 해서 새사람이 되기를 기대하지도 않거니와, 내가 그런 선도자의 역할을 하고 싶지도 않다. 다만 나는 그런 이야기는 사회적으로 금기시해야 한다는 걸 상기시켜주고 싶다.

물론 모든 여성에게 일터에서 강경한 태도로 할 말을 다하라고 말하기는 어렵다. 사람마다 자신의 사회적 상황과 맥락이 있을 테니까. 다만 어떤 식으로든 여성 혐오가 부끄러운 일이라는 걸 드러낸다면 좋겠다. 자신만의 방식으로. 세상 사람들이 다 혐오 없는 선인이 되지는 않겠지만, 적어도 그걸 드러내며 살지는 않도록.

구조적인 지뢰밭을 헤치고 나아가기

(여성 혐오 발언과 맞닥뜨리는 것 외에도) 여성 혐오 사회에서 여성으로서 일을 한다는 것은 지뢰밭을 걸어가는 것과 비슷하다. 말 한마디라면 어떻게든 대처를 할 수 있을지 모른다. 하지만 업계의 성차별적인 관행이나 구조를 단기간에 개인의 힘으로 어찌할 수 없는 경우도 많지 않은가.

프리랜서계를 예로 들자면 남성, 특히 결혼한 남성이 제안받는 자리는 내가 제안받는 자리보다 더 괜찮을 때가 많았다. 언젠가 한 문화재단의 프로젝트에 참여했을 때, 나와 경력이 비슷한 남성이 일반 참여자가 아닌 고문단 자리에 앉아 있는 걸 봤다. 그는 단상에 서서 자신의 목소리를 냈고, 나는 50여 명의 참여자 중 한 명으로서 그를 바라보았다.

'저 사람은 어쩌다 고문위원 자리에 갔지?'
'저 사람이 나와 경력도 비슷하고, 브랜드 키워드도 비슷한데 왜 나는 여기에 있지?'

나는 그가 나를 알아보지 않았으면 했다. 그건 너무 자존심 상하는 일이었다. 왜 나는 '참여자'에 머무르고, 그는 '고문위원'의 자리에 간 걸까? 나와 안면이 있던 그 프로젝트의 기획단은 왜 그 자리에 나를 부를 생각은 하지 못했던 걸까?

이러니 큰일은 여자가 해야지

자신을 페미니스트로 지칭하는 것이 어떤 분야에서는 새로운 트렌드이기도 하다. 지성인처럼 보이거나 여자들에게 인기를 끄는 방법처럼 여겨져서일까? 그런 척만 하는 사람들이 흘리는 여성 혐오 발언에 나는 가끔 치를 떨지만, 그럼에도 누군가가 자신을 페미니스트로 정체화하려는 시도는 긍정적으로 보려고 한다. 더 많은 사람들이 자신을 페미니스트로 지칭한다면 언젠가 변화가 이루어질지도 모르니까.

　<큰일여>에는 가끔 혐오 댓글이 달린다. 처음 달린 혐오 댓글에는 '꼴페미년들'이라는 단어가 써 있었다. 함께 진행하는 이다혜 편집장과 나는 얼싸안고 축하의 춤을 췄다. 우리가 드디어 여자를 혐오하는 누군가의 심기를 건드렸으니까. 그런 면에서 내가 '페미니스트, 뭐 그런 거'처럼 보이지 않았다던 배우의 말에 나는 자존심이 상했다. 페미니스트처럼 보이지 않았다니, 통탄할 일이다. 그의 말을 지렛대 삼아

좀 더 열심히 페미니스트처럼 굴어야겠다. 티 나게, 확실하게 알 수 있도록. 네 맞아요. 제가 '페미니스트, 뭐 그런 거' 하는 사람입니다.

여성 혐오에 대처하는 나만의 방법

1. 미러링 기법

혐오의 말을 흉내 내는 미러링 기법은 치사하지만 쉽게 쓸 수 있다.
상대를 공격하기 위해 나의 존엄성 훼손도 감수해야 한다는 단점이 있다.
게다가 못 알아듣는 사람들이 있다는 게 함정!

> Q. 어리고 예쁜 분하고 함께 일하니 일이 더 잘되는 것 같아요.
> A. 저도 어리고 잘생긴 분하고 일하면 일이 더 잘될 텐데요.
>
> Q. 왜 이렇게 예민해. 그날이야?
> A. 누구 씨는 오늘 기분이 좋아 보이네요. 몽정하셨어요?
> (연예인 김숙 씨가 해서 유명해진 말)

공격성 ★★★★★ 효과성 ★★★★☆ 에너지 소모량 ⚡⚡⚡⚡⚡

2. 정의 묻기 기법

김영민 교수님의 '추석이란 무엇인가' 칼럼으로 유명해진 정의 묻기
기법이다. 무엇을 말하든 근본적인 질문을 던짐으로써 상대를 잠시 멍하게
만든다. 자칫 상대방의 장광설로 이어질 가능성이 있으니 주의!

> Q. 결혼해서 남편한테 일하라고 해요. 내가 여자라면 그렇게 살 텐데.

A. 결혼이란 무엇인가요?

공격성 ★☆☆☆☆ 효과성 ★★☆☆☆ 에너지 소모량 ⚡⚡⚡⚡⚡

3. 너는 듣기만 해 기법

질문과 상관없이 내가 하고 싶은 말만 함으로써 상대의 화살을
무력화시키는 방법이다.

Q. 여자들은 이런 일 하기 힘든데 대단하네요.
A. 큰일은 여자가 해야죠.

Q. 저는 여자는 집에서 살림하는 게 맞다고 생각해요.
A. 중요한 일은 여자만 해야 한다는 편견을 버려보세요!

공격성 ★★☆☆☆ 효과성 ★★★☆☆ 에너지 소모량 ⚡⚡⚡⚡⚡

4. 안개 기법

이것은 대답을 한 것인가 하지 않은 것인가 모호하게 만드는 방법이다.
공격적인 대답을 하기 어려운 상황에 처했을 때 쓰기 좋다.
상대방의 입을 막기에도 효과적이다.

Q. 누구 씨 참 예뻐. 애인 있어?
A. 애인은 있다가도 없고 없다가도 있는 것이죠.

공격성 ★★☆☆☆ 효과성 ★★☆☆☆ 에너지 소모량 ⚡⚡⚡⚡⚡

5. 앵무새 기법

상대방이 한 말을 앵무새처럼 따라함으로써 자신의 말에 얼마나
혐오가 담겨 있는지 본인이 다시 듣게 하는 방법이다. 경악하는 표정을
함께 지으면 효과가 좋다!

Q. (회식 자리에서) 술은 여자가 따라야 맛있지.
A. (경악하는 표정과 함께 큰소리로) 술은! 여자가! 따라야! 맛있다고요?

공격성 ★★★★☆ 효과성 ★★★★☆ 에너지 소모량 ⚡⚡⚡⚡⚡

6. 실망 기법

'그런 말을 하다니, 난 네게 실망했다'는 제스처를 간접적으로
표현해주는 방법이다. 자신의 말을 돌아보게 하는 효과가 있다.

Q. 난 여자들이랑 일하는 게 불편해. 너무 예민하잖아.
A. 아… 왠지 그런 말 하실 분 같았어요.

공격성 ★★★☆☆ 효과성 ★★★☆☆ 에너지 소모량 ⚡⚡⚡⚡⚡

7. 타박 기법

전체 분위기를 딱딱하게 만들지 않으면서 상대를 무안하게 만들기 좋은 방법이다. 다시는 그런 말을 하지 않게 하는 데도 효과적이다.
웬만한 혐오 발언에는 다 먹혀서 이용하기 좋다.

Q. 아직도 결혼 안 했어요? 결혼하면 일 곧 그만두겠네.
A. 어후, 촌스러워!

Q. 여자는 애 낳으면 일에 집중을 못하더라고. 누구 씨도 일 욕심 있으면 애 낳지 마.
A. 세상에, 요즘 누가 그런 말을 해요?

공격성 ★★★☆☆ 효과성 ★★★☆☆ 에너지 소모량 ⚡⚡⚡⚡⚡

8. 네 기법

어떤 혐오 발언에도 쓸 수 있는 방법이다. 소극적이지만 어떤 간접 언어를 함께 쓰느냐에 따라 다른 효과를 낸다.

Q. 남녀차별은 옛말 아닌가? 요즘은 여성 상위 시대야!
A. 네? (황당하다는 표정을 잠시 유지한다)
A. 네, 네. (귀찮다는 말투로 넘긴다)

공격성 ★☆☆☆☆ 효과성 ★☆☆☆☆ 에너지 소모량 ⚡⚡⚡⚡⚡

결혼했으니까 프리랜서로 살지?

'나는 편견이 없어'라는 편견만큼 지독한 편견도 없다고 하는데, 나는 가끔 자신에게서 그 지독한 편견을 발견한다. 난 그런 사람이 아냐. 내가 설마 그럴 일 없지. 나를 지탱하는 그런 다독임은 낯선 발견 앞에서 종종 무너진다. 나는 기혼 여성과 남성을 향한 나의 시선이 남들과는 다를 줄 알았다. 어느 날 결혼하고 아이를 낳은 친구가 이렇게 고백하기 전까지 말이다.

"프로필에 아이 사진이 많았는데 얼마 전에 다 지워버렸어."

"왜? 보기 좋았는데."

"회사 일로 만난 사람들하고 카카오톡으로 대화하게 될 때 민망하더라고. 사생활을 다 보여주는 것 같고."

"좀 그럴 수도 있겠다."

"사실 좀 전문적이지 않아 보이기도 하고 말이야."

"아이 사진이 있으면 전문적이지 않아 보이나?"

"남자는 프로필에 아이 사진이 있으면 '가정적이구나'라는 소리를 듣지만 말이야. 여자가 카카오톡 프로필 사진에 아이 사진을 두면 '일보다 가정이 먼저구나'라는 인식을 주는 것 같아."

일하는 여자들이 가족사진을 숨기는 이유

가족사진을 프로필 사진으로 떡하니 걸어놓은 남자 대리, 사무실 책상 위에 환하게 웃고 있는 아이의 사진이 있는 남자 과장, 아내와의 결혼기념일이라며 일찍 퇴근하는 남자 부장을 보면 근원을 알 수 없는 호의가 솟았다. '저 사람은 믿을 수 있어'라는 마음이었다. 어쩌면 그건 그가 다른 여성들에게 연애 감정을 가지거나, 그들을 성적 대상으로 보지 않을 거라는 추측 때문이었는지도 모른다. 하지만 보다 결정적이었던 건 가정이 있는 남자는 돈벌이가 책무인 사람이니 회사 일을 쉬이 여기지는 않겠지라는 (나도 모르게 한) 지레짐작이 아니었을까.

그런데 여자에 대해서는 어땠나? 프로필에 아이 사진만 수십 장일 때 나는 정말 '가정적이구나'라고만 생각했던가? 그리고 그런 그의 자세에 슬그머니 미소가 떠올랐던가? 함께 일하는 상대가 그런 프로필을 가지고 있으면 나는 그를 일하는 동료이기보다 '엄마'로 먼저 봤던 것 같다. 어쩌면 그건 일 잘하는 커리어 우먼(이런 단어가 있었다)에 대한 나의 잘못된 환상 때문인지도 모른다. 풀 정장에 하이힐을 신고 도심을 당당하게 활보하는 그는 어쩐지 싱글일 것 같았으니까. SNS에 아이 사진을 잔뜩 올리는 여자는 어쩐지 일터를 집으로 옮긴 가정주부일 것 같았으니까.

내가 6년 가까이 몸담았던 회사에는 가정적인 남자일수록 이직률이 적을 거라 생각하는 상사가 있었는데, 그의 이야기에 나도 별생각 없이 고개를 끄덕였던 기억이 난다. 똑같이 '가족을 사랑하는 노동자'라도 남자는 가족을 부양해야 하고 여자는 가정을 돌봐야 한다는 지독하게 편협한 그 논리에서 나는 정말 자유로웠던 걸까? 그렇지 않았다면 왜 아이 사진뿐인 여자 동료의 프로필이 조금 실망스러웠던 걸까?

유치원에 간 아이가 아프면 그 아이에게 달려가는 사람이 아빠가 아니라 엄마일 거라고 믿었던 건 아닌지, 육아휴직은 여자가 먼저 해야 한다고 생각한 건 아닌지. 내 안에는 들여다보고 싶지 않았던 불편한 진실이 가득했다.

프리랜서는 엄마의 얼굴을 하지 않았다

그나마 매일 같은 사무실에서 일하는 사람이라면 가족사진을 프로필로 해두는 것이 덜 불편할지 모르겠다. 그런 단편적인 정보가 그 사람에 대한 평판을 좌우하지는 않을 테니 말이다. 그렇지만 기간이 정해진 프로젝트를 바꿔가며 진행하는 프리랜서에겐 프로젝트에 따라 다양한 사람을 만나는 매 순간이 면접이나 다름없다. 일터에서 노동자 대신 엄마의 얼굴을 하고 싶지 않은 이유다. 설사 그것이 잘못된 편견 때문일지라도, 애초에 그런 편견이 작동할 가능성을 없애고 싶은 게 솔직한 마음이다.

　문득 사회적경제 기업의 한 여성 대표를 인터뷰할 때의 기억이 난다. 이야기가 깊어지자 그는 망설이며 이렇게 말했다.

"예전에 다른 언론사와 인터뷰한 적이 있었는데요. 그때 제가 결혼하고 아이가 있다는 걸 말했더니 제목을 '아이 둘, 엄마의 성공'이라고 뽑으셨더라고요. 그래서 그 이후로는 인터뷰에서 웬만해서는 가족 이야기를 잘 하지 않아요. 제 정체성이 지워지고 '엄마'만 남는 것 같거든요."

그의 사업이 꽤 잘나가고 있음에도 불구하고, 게다가 사업 아이템의 희귀함 때문에 뽑을 만한 타이틀이 많았는데도 불구하고 엄마라는 정체성 앞에서 그의 나머지 얼굴은 지워져버렸다. 엄마라는 역할에 대한 과장된 신화는 얼마나 많은 여자의 얼굴을 지우고 있는 걸까? 그를 보내고 나는 그의 카카오톡 프로필 사진을 확인했다. 과연, 가족사진은 없었다.

프리랜서의 남편은 무조건 칭찬받는 기적의 논리

여성 프리랜서가 기혼임이 '발각'되었을 때 따라붙는 칭찬이 있다. 바로 남편 칭찬이다. 남성은 가정의 생계를 책임지는 사람으로, 여성은 가정을 돌보는 사람으로 보는 프레임에서 프리랜서도 자유롭지 못하다. 결혼한 여성 프리랜서는 보통 이런 코멘트를 듣는다.

"남편이 돈을 잘 버나 봐요."
"아, 결혼을 하셔서 그러셨구나."
"남편분이 대단하시네요."

일을 하는 건 여자인데 왜 남편에 대한 코멘트가 따라붙는지. 프리랜서는 불안정하고, 그러므로 안정적으로 생계를 책임지는, 혹은 희생하는 남편이 있어야 한다는(?) 가정 때문일 것이다. 남편에 대한 아무 정보도 주지 않았음에도, 남편은 아내가 프리랜서라는 이유만으로 갑자기 대단한 사람이 된다. 아, 나도 남편이 하고 싶어진다.

기혼 프리랜서, 혹은 임신한 프리랜서가 듣는 또 다른 단골 멘트는 일과 육아를 함께 하라는 권유다. 이런 논리다.

"어차피 집에서 일하는 거 아이 좀 같이 보면 어때."
"일하는 틈틈이 아이랑 놀아주면 되잖아."

(오른손으로는 저글링을 하고 왼손으로는 시를 쓰면서 발가락으로는 회계 장부를 정리하라는 이야기처럼 들리는 것은 차치하고서라도) 직업에 대

한 무시와 육아에 대한 폄하가 깔린, 정말이지 무신경한 말이 아닐 수 없다. 아이는 혼자서도 잘 노는 반려묘가 아니며, 프리랜서의 '프리'가 일을 설렁설렁 한다는 뜻은 아니다. 회사원이 하는 그 일을 집에서 하고 있을 뿐이다.

프리랜서의 가족생활에 신경 좀 꺼주실래요?

이제 프로필에 아이 사진을 잔뜩 올려두었다고 해서 그가 덜 전문적일 거라고 생각하지는 않는다. 내가 가진 편견이 이것 하나만은 아닐 것 같다. 다른 사람들이 그렇듯 나도 적당히 논리적이고 적당히 편협하겠지. 완벽한 사람이 되고 싶은 욕심은 없다. 그러나 적어도 내가 편견이 없다는 편견만큼은 지양하며 살고 싶다. 당신이 프리랜서를 오해하는 만큼, 나도 당신을 오해하고 있을지 모른다. 그러니 우리, 천천히 서로의 이야기를 들어보자.

그 많은 40대 여자들은
다 어디로 갔나

사회적경제 기업들이 입주해 있는 한 공공 공간의 5주년 기념 행사에 참석한 적이 있다. 내가 작업한 자료집의 출판기념회도 함께 열렸기 때문이다. 그 자리에서 입주 기업들 중 몇몇이 우수 기업상을 받았다. 저녁 회식 자리에는 수상 기업 관계자를 포함해 10여 명이 모였다. 상을 받은 기쁨 덕인지, 건배사와 함께 몇 차례 비워진 술잔 때문인지 다들 볼이 발그레했다. 그런데 이 술자리의 풍경이 어딘가, 분명히 어딘가 어색했다.

"이 풍경, 좀 어색하지 않아요?"

자료집 담당 직원에게 묻자 그가 모르겠다는 듯 되물었다.

"어디가 어색해요?"

"전부 남자잖아요! 그것도 오직 40대와 50대만 모인!"

"그러고 보니 그렇네요!"

그날 상을 받은 기업의 대표 중 한 명 빼고는 모두 중년 남성이었다. 담당자에게 이 분명한 불균형이 보이지 않았던 이유는 뭘까? 그는 상을 받은 모두와 안면이 있는 터라, 그들의 성별 특성보다는 개인적 아이덴티티만 인식하는 바람에 그 풍경이 특이하게 보이지 않았을 수도 있다. 아니면 우리 모두가 남자만 많은 이 풍경에 이미 길들여진 걸 수도.

문득 중학교 수학 문제가 생각났다. 검은 돌과 흰 돌을 반반씩 통에 넣고 무려 열 번을 뽑았는데 한 번을 제외하고 모두 검은 돌만 나올 확률은 얼마지? 1%도 되지 않겠지.

여자 아나운서가 주기적으로 교체되는
TV 뉴스를 보고 자란 우리는

이런 풍경을 보는 게 오랜만이라 생경했을 뿐, 사실 나도 극단적 남초 그룹에 익숙했다. 첫 회사에 들어갈 때, 여자 사원의 비율은 고작 8%였다. 외국인 사원의 비율이 아니라 여자 사원의 비율이다! 한 부서의 인원은 네다섯 명인데 그중 여자가 한 명 이상인 경우가 드물었다. 작은 사회적기업에서 일했을 때는 여자가 많았지만, 대표와 부대표는 남자였다. 여자는 경력 2년 이하인 어린 신입 사원뿐이었다. 어쩌면 이 세계는 남성과, 나이 어린 여성으로만 구성되어 있는지도. 옛날 KBS 9시 뉴스처럼 말이다. 여자 아나운서는 나이가 들면 어느새 사라지고, 그 자리엔 다른 나이 어린 아나운서가 앉아 있었다. 나이와 경력으로 성별 권력을 가리려는 시도처럼 보인 풍경이었다. 나이 든 남자 아나운서가 뉴스를 이끌어가는 건, 남자라서가 아니라 나이와 경력이 많아서인 것처럼 포장되었다. 그러나 성별에 편견 없는 외계인이 본다고 해도 누구에게 힘이 쏠려 있는지 한눈에 알 수 있으리라.

아니에요! 여초 기업도 많아요! 그렇게 말하는 그대. 혹시 그 분야는 업계 임금 수준이 비교적 낮은 건 아닌지 모르겠다. 여자가 많은데 평균 급여도 높은 파라다이스라면 혹시, 그 많다는 여자가 대표나 임원의 자리에도 있는지 묻고 싶다. 있다면 알려달라. 우리 모두 거기로 달려가고 싶으니!

'여자가 일하기 좋은 기업'에서라면
롤모델을 만날 수 있을까

일터에서 마흔이 넘은 여자를 찾는 건 사회생활을 처음 시작한 10여 년 전이나 지금이나 어려운 일이다. 숨바꼭질이라도 하는 것 같다. 꼭꼭 숨어라, 머리카락 보일라. 그래서인지 일터에서 잘나가는 사십 대 여자를 보면 나도 모르게 대뜸 악수를 건네고 싶다. 아무 말도 안 했는데 괜히 호감이 간다. 첫 회사에 들어간 지 얼마 지나지 않아 나는 회사에서의 롤모델을 남자로 삼을 수는 없다는 걸 깨달았다. 그 회사에서는 남자에게는 남자만의 커리어 스텝이, 여자에게는 여자만의 커리어 스텝이 따로 있었으니까. 내가 남자 동기들과 똑같이 행동한다고 해도, 그들이 갈 자리와 내가 갈 자리는 달랐다.

웬만해서는 직원을 해고하지 않았고 '여성 근속 연수 최장 기업'이라는 타이틀이 있었던 그 회사에는 다행히도 나이 많은 여자들이 많았지만, 내가 일했던 층에서 여자 부장은 단 한 명뿐이었다. 역시 단 한 명뿐이었던 여자 임원은 같은 회사 임원이었던 남편 덕을 봤다는 뒷말을 떼기 어려웠다. 소문의 진위 여부와 관계없이, 그는 그 소문까지도 감당해야 그 자리에 있을 수 있었다. 지금은 달라졌을지 모르지만 당시만 해도 그 회사 여자 직원 커리어 스텝의 모범 사례는, 경영지원팀 혹은 인사팀에서 경력을 쌓은 후 오랜 시간 과장으로 일하다 명예롭게 퇴사하는 일이었다. 회사가 자랑하는 '여자가 일하기 좋은 기업'의 의미는, 삶을 일에 바치기보다 가정이라는 '본업'을 소홀히 하지 않으면서도 돈을 안정적으로 벌 수 있다는 데 있었다. 어쩌면 회사에 삶을 바친다는 아이디어 자체가 무모하다고 생각하는 사람들에게 딱 어울리는 일일지 모르나, 그런 일의 방식은 여자에게만 '허락'되었다. 남자들이여, 봉기하라! 당신들에게도 가정을 돌보는 일을 본업으로 여길 기회를, 회사에서 지원 인력으로 평생을 보낼 선택권을 쟁취하라! 으쌰으쌰!

일 욕심이 있는 내게는 그런 커리어 스텝이 성에 차지 않았다. 영업을 관리하는 팀은 퇴근이 없고 치열했지만 그만큼 회사에서 인정을 받았고, 나는 그런 자리에 가고 싶었다. 그러나 그 팀은 비서를 제외하고는 대대로 남자 직원들만 받앉고, 내가 그 자리에 가면 일뿐만 아니라 시선, 편견과도 싸워야 했다. 시작하기도 전에 지쳐버리는 기분이었다.

나는 어떻게든 여자들 중에 롤모델을 찾아야만 했다. 여자 선배들이 나이대별로 있긴 했다. 서른이 넘은 대리님은 호시탐탐 이직을 노리는 중이었고, 마흔이 넘은 과장님은 새벽 여섯 시에 출근해 자정에 퇴근하는 일중독자였다. 쉰의 과장님은 일에는 그다지 열정이 없어 보였다. 다들 자기만의 방식으로 헤쳐나가는 중이었겠으나 사회생활을 막 시작해 야심만만한 신입의 눈에는 누구도 근사하게 보이지 않았다.

경력이 '너무' 충분하다고요?

여성 근속 연수 최장 기업에서도 마흔 넘은 여자가 흔치 않은데, 프리랜서의 세계로 오면 말해 무엇할까? 한 번은 지역의 문화재단에서 내게 관내 문화예술 커뮤니티 조사원 추천을 부탁했다. 나는 그 지역에서 꽤 오래 활동한 사십 대 활동가를 추천했는데, 담당자의 반응이 시원하지 않았다.

"이 분야에서 일도 오래 하셨고, 지역 활동 경력도 있으셔서

딱 맞는 것 같아요."

"나이가 좀 있으시던데…."

"네, 경력도 충분하시고요."

"경력이 너무 충분하신 것 같아요. 마지막 이력이 팀장님이
시던데 이러면 저희가 일을 시키기가."

나는 그가 하고 싶었던 말을 대신 뱉었다.

"부담스러우세요?"

"좀 그렇죠. 어린 분은 없을까요?"

나이와 경력이 많은 게 거절의 이유가 되다니! 내가 일자리
에서 거부당한 것처럼 마음이 쓰렸던 건, 솔직히 말해 추천
인에 대한 애정이 있어서라기보다 그의 모습이 내 미래기 때
문일 거다. 서른이 넘은 내가 미래를 위해 지금 할 수 있는 건
경력 쌓기뿐인데, 경력을 쌓아도 일을 얻을 수 없다면 지금
의 노력이 다 무슨 소용인가? 자기만족? 자아실현?

　나이가 많은 게 함께 일하기 부담스러운 조건이 되는 건
남자든 여자든 매한가지다. 그러나 남자 경력자와 일할 때
우리는 쉽게 그를 '형님'으로 모시거나 '선배님'으로 우대하

는 것에 반해, 여자 경력자와 일할 때는 적당한 포지션을 찾지 못해 쭈뼛거린다. 그가 이름 들어본 어딘가에서 한자리하고 왔다면 또 모를까. 익명의 생계형 프리랜서는 심지어 '여사님'이나 '이모님'이 되기도 한다. (좋은 의도에서 나온 단어라는 게 슬플 뿐이다.) 한국에서 '여자'는 낮은 계급이지만 '연장자'는 높은 계급! 일터에서 '연장자'인 '여자'를 만난 우리는, 그 인지 부조화를 해결하지 못하고 그를 못 본 체한다. "부담스럽다"는 간단한 말로.

프리랜서로서의 쌓은 경력을 인정받아 다시 조직에 들어가는 것도 나이 든 프리랜서가 살아남는 한 가지 방법이다. 그런데 이거 어인 일인지, 그런 경우의 남자 프리랜서는 꽤 봤어도 여자 프리랜서는 기억에 남는 이가 없다. ○○센터나 ○○진흥원 같은 공공기관의 고문이나 자문 위원으로 가는 것도 대부분 남자다. 경력이 화려한 여자 프리랜서는 울고 싶을 거다. 화려한 경력의 그를 선망의 눈길로 바라보던 삼십 대의 프리랜서도 울고 싶다. 언니, 제발 근사한 자리로 가서 욕심도 챙기고 능력도 좀 발휘해주세요!

문제는 프리랜서가 아니라, 좁은 운동장!

솔직히 말해 마흔이 넘고, 쉰이 넘고, 예순이 넘도록 계속 일하고 싶지만 그 나이까지 업계의 트렌드를 읽고 누구보다 참신한 아이디어를 낼 수 있을 것 같지는 않다. 그건 의지가 없어서가 아니라 나이가 들수록 체력과 에너지가 여위기 때문이다. 나이가 들면 프리랜서 새내기에게 좋은 일감을 양보하며 오래 일한 선배로서 할 수 있을 만한 일을 찾고 싶다. 일이라는 작은 조각을 트렌디한 감각으로 멋들어지게 그리기보다, 그림이 그려지는 큰 판을 설계하고 싶다.

그러나 이 세계에서는 모두가 같은 운동장에 머물러 있다. 운동장에 새로 들어오는 프리랜서는 늘어나는데 운동장의 크기는 그대로고, 모두의 역할도 비슷하다. 나이가 들어도 특별한 경우가 아닌 이상 이들은 계속 운동장에 남아 자신이 10년이고 20년이고 해왔던 일을 반복한다. 글을 쓰고, 일러스트를 만들고, 사진을 찍는다. 이제까지 해온 맥락이 있으니 막 이 판에 들어온 사람들보다 당연히 잘하겠지만, 그렇다고 단가를 높였다간 일감이 우수수 떨어져 나간다. 실력이 10에서 100으로 늘면 단가도 10에서 100으로 늘 것 같지만, 그 90의 퀄리티 차이를 인정해줄 클라이언트는 많지 않다. 프리랜서 새내기들은 작업비를 낮추며 경쟁력을 내세우고, 경력자들은 단가를 높이지 않는 선에서 '고퀄'의 결과물을 내놓으며 생존 싸움을 한다. 사실 문제는 좁은 운동장인데, 이렇게 싸우다 보면 서로를 원망하게 된다. '이제 좀 물러나지'와 '그렇게 가격을 후려치니까 다 같이 망하는 거 아니냐'가 맞붙는다.

곧 모두가 프리랜서가 된다고 예측하는 시대, 이제 이 운동장은 좁다며 문 닫고 싶지 않다. 막 프리랜서를 시작한 사람들이 노동권을 보호받으며 건강하게 경험을 쌓았으면 좋겠고, 경력이 오래된 사람들은 그만한 대우를 받았으면 좋겠다. 혹은 그 세계의 프리랜서들에게 조언을 하거나, 계획을 짜거나, 방향을 제시하는 일을 맡았으면 좋겠다. 경력이 화려한 프리랜서 언니들을 으쌰으쌰 떠받들고 싶다. 그들이 그런 일을 할 수 있는 자리가 있다면, 이제 막 운동장에 도착한 프리랜서들에게도 힘이 되지 않을까?

<큰일여>에서는 종종 프리랜서 20년 차 언니들을 모신다. 20년 차 프리랜서 신예희 작가, 역시 경력 20년의 일러스트레이터 이다 작가를 초대해 이야기를 나누다 보면 일에 대한 그들의 조언이 그렇게 꿀 같다. 집에서도 출퇴근 시간을 정해놓는 작업 원칙이 존경스럽고, 슬럼프 때문에 한동

안 헤맸던 에피소드가 나의 미래를 대비하게 한다. 프리랜서 선배들을 모시는 에피소드는 인기도 좋다. 다들 이 세계에서 그렇게 오랜 버틴 노하우가 궁금하다.

이다 작가는 농담으로 "저도 먹고살기 힘들어요. 이곳에 그만 오세요"라고 말했지만, 실상 그가 문제 삼은 것은 20년 동안 변하지 않은 노동 단가다. 그러니 우리 운동장이 좁다고 우울해하지 말고, 이 운동장을 좀 넓혀봤으면 좋겠다. 엉덩이를 뒤로 쭉 빼고 자리를 좀 넓혀보는 건 어떨지. 밖으로, 밖으로.

Part2

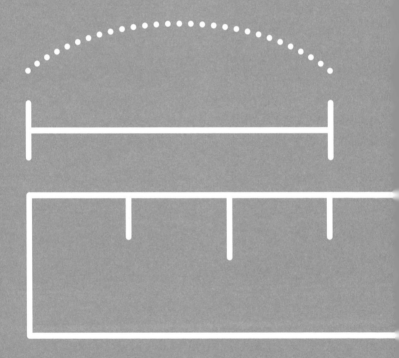

혼자 일해도
사규가 있습니다

①

출근이 없는데
퇴근 시간도 없네요

프리랜서가 되어서 제일 좋은 점? 누군가 이렇게 묻는다면 나는 목소리를 높여 "늦잠이요!" 외치겠다. 둘째로 좋은 점이 무엇이냐 재차 묻는다면 나는 이번에도 소리 높여 "늦잠이요!" 답하리라. 셋째로 좋은 점이 있냐고 묻거들랑 나는 서슴지 않고 "침대에서 완전 늦게까지 꿀잠 자는 거요!"라고 답하겠다. 김구 선생님 만세, 늦잠 만세다!

　프리랜서가 되어서 좋은 점은 출근이 없다는 것. 아침잠이 지독하게 많은 나는 밤 열 시부터 눈이 또랑또랑해지는 전형적인 올빼미족이라 회사 다닐 때 정해진 출근 시간이 퍽 괴로웠다. 출근이 없다뿐인가, 나의 시간을 어느 정도 조율할 수 있다는 것이 프리랜서 생활의 백미다. "원하는 시간에 일할 수 있다"는 점은 프리랜서를 꿈꾸는 사람들이 떠올리는 '자율성'의 상징과도 같고, 그나마 현실적인 기대다. (그밖에도 "일의 양을 조율할 수 있다"거나 "원하는 사람과 함께 일할 수 있다"는 기대를 갖겠지만… 이는 여러 가지 이유로 이루어지기 어렵다.) 회사원들이 괴로워하는 월요일 오전에 카페에서 조용히 티타임을 즐길 수도 있고, 저녁이면 긴 줄이 늘어선다는 맛집에도 한가로운 시간에 갈 수 있다.

이왕 자랑한 김에 좀 더 뻐겨보자면 굳이 사람 붐비는 주말에 여행을 갈 필요도, 비행기표 가격이 비싼 금요일 저녁 출발을 고수할 이유도 없다. 회사 다니던 시절, 일괄적으로 받은 8월 둘째 주 휴가 기간에 긁던 비싼 비행기표로부터도, '직장인 택스'로부터도 해방됐다. (물론 그때는 '프리랜서 택스'가 더 비싼 줄 몰랐다.) 네, 독자님. 제가 바로 '저 사람은 뭐 하는 사람인데 저 시간에 카페에 있어'의 '저 사람'입니다.

그때 내가 회사에 판 것은 나의 시간이었다

2018년 7월, 주 52시간 근무제가 시행되면서 300인 이상의 사업장에서는 야근을 강제할 수 없게 되었다는 소식을 듣고 예전 회사 생활이 떠올랐다. 그리고 궁금해졌다. 그곳에서 일하는 노동자는 얼마나 숨통이 트였을까?

내가 입사를 했던 2010년에는 주 52시간 근무제도, 자율근무제도 찾아보기 힘들었다. 다른 곳보다 보수적이었던 첫 회사에서 나는 매일 아침 8시까지 출근해야 했다. 정식 출근 시간은 9시였으나 모두 함께하는 체조 시간이 8시 30분이었고 그 시간에 눈에 띄지 않으면 사실상 지각한 것이나 다름없었다. 아침에 엘리베이터는 왜 이렇게 층층마다 서는지! 8시 25분이 되면 자리에 없는 동료들에게 급하게 카카오톡을 보내곤 했다.

'오고 있어? 얼른 와! 본부장 와 있어!'

내가 8시 30분보다 이른 8시까지 출근해야 했던 건 신입 사원이면 응당 선배들보다 먼저 도착해 테이블을 닦고 간식을 비치해야 한다는 차장님의 믿음 때문이었다. 재밌는 건 우리 본부를 담당하는 비서가 나보다 늘 먼저 출근해서 테이블을 닦고 커피를 내렸다는 것이다.

그러니 여기서 중요한 건 내가 진짜 그 일을 하느냐 마느냐가 아니라 그런 시늉을 할 수 있을 정도로 신입 사원의 정신이, 그러니까 군기가 바짝 들어있느냐,였다. 바로 그 점이 견디기 힘들었다. 사무실에 비서가 없었더라면, 그래서 아무도 테이블을 닦고 모두가 마실 커피를 내리지 않았더라면 나는 기꺼이 그 일을 자처했을 것이다. 내가 힘들었던 건 내가 그 일을 해야 한다는 사실 자체가 아니라, 그런 일을 한다는 '흉내'를 냄으로써 누군가의 눈에 들어야 한다는 것이었다. 그건 내가 이 회사에서 '일을 하기 때문에' 돈을 받는 게 아니라, '말을 잘 듣기 때문에' 혹은 '자리를 채우기 때문에' 월급을 받는다고 생각하게 했다.

퇴근 시간은 오후 6시였지만 아무도 6시에 사무실 문을 열고 나가지 않았다. 7시는 되어야 하나둘씩 자리를 정리하는 시늉을 했고, 8시는 되어야 안전하게 문을 열고 나갈 수 있었다. 사무실에서 미어캣처럼 고개를 빼꼼히 들고 차장은 갔는지, 부장은 갔는지, 본부장은 없는지 확인했다. 이 역시 일이 많아서 야근을 하는 것이었다면 좀 더 위로가 될 수 있을지 몰랐다. 노동의 윤리를 예찬하며, 성공 신화가 담긴 자기계발서를 탐독하며 직장인이 된 당시의 나라면 많은 일을 처리하는 걸 능력의 상징이라고 봤을 수도 있으니까. (물론 지금은 그렇게 생각하지 않는다.) 그러나 사실 일은 업무 시간 내에 충분히 소화할 수 있을 만큼만 주어졌다. 그런 괴로움에 대해 토로했더니 동료는 이렇게 말했다.

> "좋은 거 아냐? 일은 별로 안 하는데 돈은 똑같이 주잖아."
> "아무 일도 안 하고 그 자리를 지키는 게 힘들어."
> "그럼 인터넷 쇼핑이라도 해."
> "나 신입 사원이잖아. 모두가 내 모니터를 볼 수 있는 자리에 앉아 있다고."

없는 일을 만들어내서 한다고 누군가가 환영하는 것도 아니었고(그 일은 다른 누군가의 노동이 될 것이기 때문에), 일이 없다고 자리를 일찍 뜨면 '개념 없는 신입' 소리를 듣기 좋았다. 나는 매일 8시에 출근해서 8시까지 사무실에 앉아 있었다. 내 일은 무엇인가, 나는 왜 계속 자리를 지키는가, 나는 왜 돈을 받는가,라는 질문은 꼬리에 꼬리를 물고 대체 노동이란 무엇인가 혹은 삶의 의미란 무엇인가,로 귀결했다. 당시 내가 회사에 판 것은 나의 시간이자 젊음이었다. 노동만이 아니었다.

나에게 늦잠이란 자율성의 상징 같은 것

그러니 내가 회사에서 강제하는 출퇴근 시간을 지키는 것이 그토록 힘들었던 이유는 단순히 '늦잠을 자지 못한다'거나 '사람으로 가득 찬 '지옥철'이 힘들다'라기보다 '내 일의 통제권이 내 손안에 있지 않다'였던 것 같다. 프리랜서가 되고 난 후에, 늦잠이 상징하는 노동 시간의 자율성은 일의 통제권을 내가 쥐고 있다는 감각으로 다가왔다. (그것이 신자유주의 시대가 노동자에게 강요하는 자기기만의 새로운 버전일지라도 말이다. 어차피 모두에게 속을 거라면 좀 더 교묘한 술수를 쓰는 사람에게 넘어가고 말지, 하는 기분이랄까.)

　물론 프리랜서마다 노동의 시간은 다르다. 그건 프리랜서 자신의 생활 리듬에 맞춰져 있기도 하지만, 일하는 영역의 특성에 달려 있기도 하다. 행사를 다니며 사진을 찍는 프리랜서는 아침 일찍 일어나야 하는 일이 잦고, 컴퓨터 보안을 맡는 프리랜서는 조직에서 할당한 업무 시간에 맞춰 일해야 한다. 나는 오전 11시에 일어나서 새벽 4시에 자는 패턴을 오랫동안 반복해왔다. 밤 11시부터 새벽 4시가 가장 정신이 맑은 시간이고, 대부분의 일을 이때 몰아서 한다. 처음엔 오전 11시 전에 오는 클라이언트의 전화를 못 받을 때도 있었다. 혹은 전화 오는 것을 잠결에 확인했지만 잠에 취한 목소리로 받을 수는 없어서 나가서 목도 좀 가다듬고 물도 한잔 마시며 목소리를 추스른 뒤 받기도 했다.

함께 오래 일하거나 이전에 일해본 적이 있는 클라이언트에겐 내 업무 시간이 오전 11시 이후라고 미리 양해를 구하기도 한다. 프리랜서가 건방지게 클라이언트 출근 시간에 자고 있느냐고 타박하는 사람은 없다. 나는 내가 일하고 싶은 시간에 집중해서 일하고, 내가 하고 싶었던 일들을 위한 시간을 만들어낸다.

일은 마치 근력 운동처럼 꾸준히

프리랜서가 시간을 자율적으로 쓸 수 있다고 실컷 자랑했지만 물론 거기에는 대가가 따른다. 강제되지 않는 노동 시간을 스스로 정하고, 노동의 흐름에 익숙해지기까지는 어느 정도 시간이 걸린다. 다들 한없이 흐트러지던 학창 시절의 방학을 기억하지 않나? 방학이 일요일에 끝나면 그 전날인 토요일까지 신나게 놀다가 일요일 밤이 되어서야 울면서 자리에 앉아 방학 숙제를 하지 않았나? 그런 습관은 어른이 된다고 달라지는 게 아니라서, 프리랜서 생활 초반 한동안은 생활 리듬이 들쭉날쭉했다. 한참 아침 9시에 일어나서 저녁 6시까지 일하는 걸 반복했다가, 그게 점점 늦어지면서 해가 중천에 뜬 11시에 일어나서 새벽 4시에 잠드는 생활이 이어지기도 하고, 그러다 날을 한번 꼴딱 새고 나면 다시 9시에 일어나는 삶이 시작되는 식이었다.

일을 아무 때나 해도 된다고 하면 하루 중 일이 가장 잘되는 시간을 기다리는 이도 있겠지만, 그런 시간이 '오는' 일은 거의 없다. 일은 아침에도 하기 싫고 저녁에도 하기 싫으니까. 가끔은 일에 탄력이 붙어서 하루에 9시간 연이어 달리기도 하지만 그런 식으로 일하면 다음 날 일하기가 싫어진다. 일은 마치 근력 운동처럼 매일 조금씩 꾸준히 하는 게 좋았다.

일의 리듬을 잡으려는 독자에게 추천하고 싶은 첫째 방법은 자신에게 노동 시간을 강제하는 것이다. 예를 들면, 프리랜서에게 널리 알려진 김명남 번역가의 'KMN' 작업법을 실천해보자. 이는 40분 일하고 20분 쉬는 패턴을 반복하는 방법이다. 잘된다고 안 쉬어도 안 되고, 진척이 없다고 자리를 떠서도 안 된다. 그렇게 하면 일이 잘되냐고? 결과물의 퀄리티가 높아지는지는 알 수 없지만 적어도 마감은 지키게 된다. 그리고 오래 일하는 프리랜서에게, 그리고 클라이언트에게 작업물의 퀄리티보다 중요한 것은 마감을 잘 지키는 일이다.

　둘째는 자신이 일을 얼마나 했는지 스스로 체크하는 방법이다. 혼자 일하는 프리랜서, 동료가 점심을 먹으러 가자고 재촉하지 않는 프리랜서, 퇴근 시간이 다가오지 않는 프리랜서는 늘 '내가 정말 일을 했는가?', '어느 정도 했는가?'에 대한 자기 검열을 하곤 한다. 왠지 얼마 안 한 것 같고, 더 해야 할 것 같고, 이 정도로는 충분하지 않다는 생각 때문에 자기 착취를 계속하며 의자에 엉덩이를 붙인다. 객관적인 지표를 만들어 놓는 것은 자신을 위안하는 방법이자, 착취하지 않기 위한 노하우다. 안 그래도 불안한 프리랜서에겐 심리적인 안전지대가 필요하기에 '나는 잘하고 있어'라고 스스로 안심시킬 만한 객관적 증거가 도움이 된다. 출근도 퇴근도 없기에, 언제나 일하고 있다는 생각에 시달릴 수도 있다. 그럴 때를 대비해 자신만의 출퇴근 의식을 정해두는 것도 추천하고 싶은 팁이다.

지속 가능한 일의 리듬 잡기 노하우

1. 일이 잘되는 시간을 기다리지 말자

근무 시간이 정해져 있지 않은 프리랜서는 자칫 하루를 '일이 잘되는 시간'을 기다리다 끝내버릴 수 있다. **일이 잘되는 시간은 따로 있지 않다.** 일은 아침에도 하기 싫고 저녁에도 하기 싫다. 일은 엉덩이로 하는 법! **자신이 정한 시간이 되면 일단 의자에 앉아 보자.**

프리랜서에게 유명한 김명남 번역가의 KMN 워킹 방법을 시도해보자. 40분 일하고 20분 쉬는 일의 리듬을 반복한다. 필요한 건 알람 뿐!

2. 생산성 툴을 활용하자

일이 어느 정도 진행되었는지, 이 일의 마감은 언제인지, 이 일의 내용을 누구와 공유해야 하는지 **모두 기억하기 힘들 수도 있다.** 일의 종류가 다양한 프리랜서라면 더 그렇다. **생산성 툴에 익숙해지면 개인 비서를 둔 기분을 느낄 수도 있다.**

기본적으로는 메모앱이지만 쉬운 사용법과 다양한 기능으로 한국인을 사로잡은 노션, 다양한 일을 동시에 하는 사람을 위한 트렐로나 워크플로위, 애플을 쓴다면 호환 기능이 뛰어난 에버노트, 프로젝트별로 멤버들과 커뮤니케이션할 수 있는 워크챗 중 자신에 맞는 툴을 찾아보자!

3. 하루에 얼마나 일했는가를 체크해보자

내가 하루 동안 얼마나 일했는지를 체크해보면 일의 효율성이 높아진다.
일한 시간을 기준으로 잡아도 좋고 결과물로 측정해도 괜찮다.
기록들을 모으다 보면, 본격적인 일을 하기 위해 필요한 준비 작업이
무엇인지, 예열 시간이 얼마나 필요한지 등도 파악할 수 있다.
피드백을 통해 일의 리듬을 조정하자.

시간	소요 시간	분류	한 일	성과	평가
11~12	1시간	기본	메일 체크 및 답장	무슨 무슨 뉴스레터에서 인용할 만한 아티클 발견	도움 되는 / 안되는 뉴스레터 정리해야지!
13~15	2시간	외주	출판사에서 청탁 받은 원고 쓰기	원고에 도움이 될 만한 자료들을 모두 찾음	자료를 효율적으로 찾는 방법을 익히자
19~21	2시간	개인	브런치에 올릴 글쓰기	브런치 매거진에 올릴 원고를 다 작성	꾸준히 쓰다니 나 스스로가 기특하다!

일 전체를 기본/개인/외주 등의 카테고리로 나눠서 어느 한쪽의 일로 시
간이 크게 치우치지 않게 조율해보자.

②

작업실, 꼭 있어야 하나요?

2020년 새해에 친구와 농구를 시작했다. 퀴어페미니스트 농구 동호회에 가입해 매주 일요일에 농구 코트를 찾았다. 중고등학교 때 농구 하는 남자애들을 보며 코트 뒤쪽에서 응원은 해봤어도 한 번도 그 코트를 점령해본 적은 없었다. 그런 억울함이 삼십 대가 되어서야 발현되었나 보다. 됐어! 이제 내가 하고 싶은 거 다 할 거야!

인생은 때로 '장비빨'에 기대어 가기에

처음 농구 동호회에 가게 된 날, 나는 MBA에서 쓴다는 비싼 농구공을 하나 장만했다. 과연 비싼 농구공은 때깔부터 다르지. 바닥에 농구공을 퉁퉁 튕기면 그 소리가 경쾌했다. 하지만 그 공을 들고 코트에 갔더니 그곳에는 나보다 더 좋은 농구공을 가진 사람들이, 조던 농구화를 신고 엘보슬리브를 한 채 공을 튕기고 있었다. 헐렁한 티셔츠에 러닝용으로 산 낡은 운동화를 신은 내 모습이 좀 민망했다. 그렇게 동호회에 나간 지 몇 주, 운동하면 장비부터 사들이는 스타일인 내 친구는 매주 새로운 아이템을 사들이더니 한 달 만에 적어도 겉으로는 기존 동호회 회원들과 크게 다르지 않은 모습이 되었다.

농구 풀세트를 갖춘 그를, 여전히 낡은 운동화를 신은 내가 타박했더니 그가 대꾸했다.

"장비라도 사야 오래 하지. 돈이 아까워서라도 오래 하지."

그래서인가. 코로나 때문에 대부분의 농구 코트가 폐쇄되면서 우리의 야심 찬 농구 프로젝트도 시들해졌지만, 금방 다른 운동을 찾아 나선 나와 달리 그는 아직도 혼자 드리블 연습을 한다. 마스크를 끼고 야외 코트를 혼자 뛰어다니며 무려 반년 전에 배웠던 레이업을 연습한다.

운동을 할 때면 장비가 주는 마음가짐이 있다. 대충 아무 옷이나 주워 입고 코트에 섰을 때와, 농구복을 갖춰 입고 농구화를 신고 코트에 들어설 때는 기분부터 다르다. 들인 돈과 정성이 있으니 그만큼 더 포기하기 힘들어진다. 어쩌면 내가 '3개월 시작 천재'로 사는 건 내가 뭐든 쉽게 질려 해서가 아니라, 어떤 것에도 미리 정을 주지 않았기 때문인지도 모른다. 돈을 쓰면, 쓴 돈만큼 무언가를 돌려받고 싶어지고, 그것에 더 애착이 생기니까. 장비가 운동을 더 잘하게 만들지는 않을지 몰라도, 장비가 운동을 더 '포기하기 어렵게' 만들어주기는 하는 것 같다.

프리랜서에게 필요한 장비는 작업실?

운동에 필요한 게 장비라면 프리랜서에게 필요한 건 뭘까? 맞다. 역시 장르 불문 프리랜서에게는 일할 '공간'이 필요하다. 창업을 하면 처음으로 필요한 것이 '사무실' 아닌가. 일하는 공간과 일상적 공간을 분리하지 않으면, 안 그래도 작업 시간과 일상을 분리하기 어려운 프리랜서는 24시간 노동하는 기분에 시달린다. 일의 효율과 휴식의 질이 동시에 떨어진다.

처음 프리랜서로 독립을 선언한 사람들은 흔히 '작업실'을 구한다. 작업실! 이름만 들어도 어쩐지 시크한 예술인이 된 기분이다. 친구가 전화로 '어디야?'라고 물었을 때 '작업실이야'라고 무심하게 대답할 수 있는 그 힙함이라니. 프리랜서 모두가 작업실을 탐낸다고 해도 이상하지 않다. 프리랜서 허세 만세! 프리랜서로 살겠다고 결심했을 때, 나도 작업실을 구해야겠다 싶었다. 말이 작업실이지 사실 큰 집을 구해서 거실 전체를 '작업실'로 쓰겠다는 생각이었다. 내가 무슨 조소를 하는 것도, 연기를 하는 것도 아니면서 큰 작업실이라니 지금 생각하면 우습지만 그땐 그런 작업실이 있어야 내가 프리랜서가 된 기분을 느낄 수 있을 것 같았다. 마침내나는 서울에서 차로 한 시간 넘게 떨어진 경기노 외곽에 주거 공간 겸 작업실을 구할 수 있었다. 볕이 잘 드는 거실에 아주 넓은 테이블을 두고 손목에 편한 키보드와 마우스를 구입했다. 한쪽 벽에는 책장을 세워 선별한 책들을 꽂아두고 그 모습을 한발 물러나 흐뭇하게 감상했다. 그래, 이제 글만 쓰면 되는 거야!

　　그래서 작업실에서 글이 술술 써졌느냐고? 당연히 그렇지만은 않았다. 나는 큰 테이블을 버려두고 소파와 침대를 전전하며 노트북과 씨름을 했고, 처음 일을 시작한 사람답게 생활 리듬은 엉망이 되도록 내버려두었고, 작업 공간과 생활 공간이 뒤섞여 24시간 일하는 기분으로 24시간 쉬었다. 그렇게 몇 달이 흐르자 친구가 보내줬던 두 컷 만화가 생각났다. 그 만화에서는 한 남자가 환경이 안 좋아 일을 못 하겠다며 돈을 엄청 들여 작업실을 구비하고, 마침내 완성된 화려한 작업실의 소파에 앉아 텔레비전을 본다. 내가 그 꼴이 된 것 같았다. 어쩌면 중요한 건 작업실이 아니었을지도 모른다. 다들 의지가 있으면 된다고 하지 않나? 의지가 있으면 뭘 못해! 호롱불 아래서 공부하면서도 서울대에 갔다고! 라면만 먹고 챔피언을 땄잖아!

작업실의 대안을 찾아서

당연히 모두가 작업실을 가질 만한 여유가 있는 건 아니다. 내가 아는 한 프리랜서는 다른 세 명과 원룸에서 함께 산다.

프리랜서, 학생, 연극배우, 작가로 서로 다른 생활 리듬을 가진 네 명이 열 평짜리 방에서 복닥거리며 지내는 어려움은 최근 코로나 사태 때문에 외출이 줄면서 더욱 커졌다. 이 방의 일상은 이런 식이다. 한 명이 벽을 향해 펼쳐진 작은 밥상에서 견적서를 만드는 동안, 다른 한 명은 뒤에서 요리를 하고, 한 명이 중앙에서 텔레비전을 본다. 이런 환경에서 일을 잘해내는 건 기적이다.

내가 아는 또 다른 프리랜서는 고시원에서 지낸다. 발을 쭉 뻗고 눕기 위해서는, 책상 밑으로 들어가는 의자를 뒤집어 책상 위에 올려두어야만 하는 작은 방이다. 그 방에서 키보드 소리를 내며 일하면 다음 날 오전에 '정숙'이라거나 '함께 사는 공간인데'로 시작하는 포스트잇 쪽지를 잔뜩 받을 수 있다. 청년들이 많이 사는 셰어하우스에서 지내는 건 그나마 괜찮은 편이다. 그곳에서도 거실을 내 것처럼 혼자 쓰면 눈치가 보이지만 적어도 밀레니얼 세대 사이에서는 '공용 공간'에 대한 공감대가 널리 퍼져 있으니까.

그래서, 집 안에서 작업 공간을 확보하기 어려운 프리랜서들은 다른 공간을 찾아 나선다. 위워크, 패스트파이브, 르호봇 같은 공유 오피스, 사업자 등록을 낼 수 있는 소호 공간, 정부 기관들이 직접 운영하거나 지원 사업을 통해 입주하도록 하는 공용 공간 등을 주로 선택하게 된다. '위워크는 일할 공간을 제공하는 게 아니라 일하는 기분을 제공하는 것이다'라는 비판조 기사도 읽은 적 있지만, 일하는 기분을 내어야 실제로 일도 할 수 있는 거 아닌가!

메뚜기에게는 나름의 이유가 있다

그럼 나는 어떻게 하고 있냐고? 나로 말하자면 이것저것 시도해보다가 지금은 '움직이는 작업실'에서 일을 한다. 작업실이 '하울의 움직이는 성'처럼 움직인다는 것이 아니라, 내가 작업실을 자꾸 바꾸며 일한다는 뜻이다.

작업실에서 일이 잘되지 않자 집 밖 카페로 나갔다. 일하기 괜찮은 카페를 전전하고, 코워킹 플레이스에 등록하고, 공공 도서관에 매일 네다섯 시간씩 엉덩이를 붙여보기도 한다. 일주일에 두세 번 딴짓 출판사 사무실에도 나간다.

이렇게 움직이다 보니 목적에 따라 공간을 선택하는 기술도 늘었다. 진지한 글을 쓰고 싶을 때는 조용히 해야 하는 도서관 정보실 코너에 가서 콧잔등을 찡그리며 골몰하고, 가벼운 마음으로 지껄이고 싶을 때면 천장이 높고 사람들의 왁

자한 소음이 화이트 노이즈를 만들어내는 카페로 향한다. 프리랜서로서의 기쁨을 잔뜩 누리고 싶을 때는 평일 오전 11시쯤 창이 넓고 볕이 잘 드는 카페에서 노트북을 펼쳤다.

일하는 리듬은 한번 잡았다고 해서 불변하는 게 아니기에, 시기에 따라 주기적으로 바꿔줘야 한다. 아직도 나는 자신을 살살 달래며 좋은 공간을 찾아 내게 일을 시키는 중이다.

작업실의 효용에 대해서는 이렇게 정리했다. 작업실을 만들었다고 해서 바로 일이 잘되는 건 아니었지만, 나의 공간임이 분명한 작업실이 없었더라면 지금보다 더 먼 길을 돌아왔을 것 같다. 작업실을 구해본 덕분에 어떤 환경에서 내가 일을 잘하는지 알았고, 작업실의 조건에 대해서도 더 깊이 생각해보게 되었다. 호롱불 아래서 눈을 비벼가며 공부하는 미담은 충분히 아름답지만, 강한 의지라는 건 결심한다고 해서 마음껏 가질 수 있는 특성이 아니다. 게으르고 의지가 약하기 때문에 일을 덜 하는 게 아니라, 일을 잘 못할 만한 환경에 처해있기 때문에 의지가 약해지고, 의지가 약해지니 일을 잘 못하게 된다. 작업실은 일을 위한 충분조건은 아니었지만 필요조건이었다. 그러므로 작업실을 마련할지 고민하는 당신에게는 작업 환경을 위해 쓰는 돈이 당신을 오래 건강하게 일하게 해줄 수도 있다고 말하고 싶다.

마감이 잘되는 환경 만들기

1. 출퇴근 의식이 가능한 곳을 찾자

출퇴근 의식을 하는 것이 도움이 된다! 생각을 환기하고 몸의 모드를
바꿀 수 있기 때문. 집에서 나와 어디론가 가는 의식이라면 더 좋겠지만 그
게 여의치 않을 때는 집 안에서라도, 먹고 자고 쉬는 공간과는
**다른 공간을 작업 공간으로 지정해놓고 그 공간에 진입할 때는
자신만의 의식을 지키자.** 샤워를 하고 옷을 갖춰 입는다든지, 커피를
한 잔 내려 마신다든지, 노동 음악을 튼다든지.

2. 쉬는 공간과 일하는 공간을 분리하자

학교 다닐 때 공부를 방에서 했던 사람이라면 공감하겠지만
침대가 바로 곁에서 내게 손짓할 때 졸린 눈을 비비며 책상 앞에
앉아 있기란 얼마나 힘이 들었던가. 드라마 <SKY캐슬>의 예서도
자기 방 안에 독서실을 따로 만들지 않았던가. **일하는 공간과
쉬는 공간이 분리가 되지 않으면** 종일 일하는 기분이 들어 오히려
**집중이 되지 않고, 일하는 도중에도 쉬는 것과 마찬가지인 느낌이라
스스로를 격려하기 어렵다.**

3. 누군가의 눈이 있는 곳이면 더 좋다

내 방 책상보다 카페나 공유 오피스에서 일이 더 잘될 때가 있다. 백색소음과 맛있는 커피도 한몫하겠지만 **누군가가 지켜보고 있다는 느낌이 일의 능률을 오르게 하는 한 요소다.** 내 일에 직접적인 피드백을 주는 상사는 아니더라도 **누군가가 있으면 아무도 지켜보는 사람이 없을 때보다 일이 더 잘된다.**

4. 하는 일의 종류에 따라 작업하는 공간을 바꿔보자

영원히 일이 잘되는 공간을 찾는 건 불가능에 가깝다. 완벽한 사무실을 찾았다 싶다가도 금세 일의 능률이 떨어진다. 어떤 일은 사람이 부산하게 오가고 활기찬 음악이 흘러나오는 곳에서 잘되고, 어떤 일을 할 때는 독서실 같이 고요한 분위기에서만 집중이 된다. **아이디어를 짤 때와 체계적으로 무엇을 정리할 때는 다른 공간이 필요하다는 걸 받아들이고 일하는 장소를 옮겨보자.**

③
프리랜서를 위한
연수원이 있다면

스물넷, 대학을 졸업하자마자 취업했다. 석 달간 대전에 있
는 연수원에서 교육을 받았는데 십 년 전 일이라 그런지 '세
상에, 대체 왜 그런 교육을 했지?' 싶을 만큼 이상한 점이 많
았다. 신입 사원들은 아침 7시면 로비에 모여 조회에 참석했
다. 회사에서 나눠준 단체복을 입고 줄을 지어 운동장을 달
리면서 사가나 군가를 불렀다. '백두산 정기 뻗은 삼천리 강
산'으로 시작하는 군가를 부르며 운동장을 달리다 보면 군대
간 적이 없는 나조차도 재입대한 기분이 들었다. 사가는 그
렇다 치고 군가는 왜 부른 걸까? 연수원에서 우리는 자주 혼
났는데 그 이유란 주로 '단체복을 안 입고 감히 사복을 입어?'

나 '밤 11시가 넘었는데 연수원 밖을 나돌아 다녀?' 따위였다. 아무리 생각해도 회사원을 위한 교육이라기보다는 학생들을 위한 수련회 같았는데, 어쩐 일인지 그때는 그게 이상하다는 생각조차 못 했던 것 같다. 지금 돌이켜 보면 그 요상한 전체주의 교육에 웃음이 난다. 물론 그 기억들에 시간의 필터가 덮여 웃을 수 있는 것일 뿐, 지금 와서 그런 교육을 받는다면 웃음이 싹 가실 것 같지만.

절정은 연수원 생활 말미에 진행된 해병대 훈련이었다. 사설 교육기관의 지휘에 맡겨진 우리는 진짜 해병대처럼 어마어마하게 무거운 통나무와 고무보트를 이고 뛰었다. 입만 열어도 새하얀 입김이 보이던 한겨울, 동기들과 어깨동무를 하고 바다로 뛰어들어 얼차려를 받았다. 얼차려라니! 교육관의 발길질에 한 명이 넘어지면 어깨동무를 한 동기들이 와르르 바닷속으로 무너졌다. 발길질이라니! 우리는 힘겹게 바다로 밀어 넣은 고무보트를 타고 노를 저으며 나아갔다. 와아, 무슨 간첩 나오는 액션 영화도 아니고 이게 다 무슨 소동인가.

나를 가르친 건 팔 할이 빨간 줄

그렇게 석 달을 보낸 후에 덜컥, 부서에 배치를 받았다. 사실 그동안 회사와 업종에 대해서만 배웠지 정작 업무에 대해서는 배운 바가 없었던 터라, 아르바이트생과 거의 다를 바가 없었다. 전화는 어떻게 받지? 보고서는 어떻게 쓰지? 메일은 어떻게 보내지? 복사기는 어떻게 사용하지? 선배들이 하는 걸 보고, 사수에게 물어가며 배웠다.

내가 제대로 맡은 첫 일은 광고물 관리였는데 그 업무의 중요도에 비해 나는 아는 게 거의 없었다. 내 부서의 부장님은 회사에 출근할 때부터 퇴근할 때까지 미간에 잡힌 주름을 펴는 일이 거의 없는 분이었다. 각 분야 담당자들이 오늘의 할 일을 브리핑하는 회의에서, 부장님이 직원들을 얼마나 눈물 쏙 빠지게 혼내는지 나도 식은땀이 났다. 그런 부장님이 유독 내게만은 화를 내지 않고 일을 가르쳐주셨다. 요즘 사람들이 질색하는 '가족 같은 기업' 분위기 덕에, 나 같은 신입사원을 가족의 막내 정도로 취급해서일까?

종일 부여잡고 있던 보고서를 들고 부장님을 찾아가면 그는 보고서에 삼십 센티미터 플라스틱 자를 대고 한 문장 한 문장을 더듬어 내려갔다.

"이 단어는 회사에서 쓰기에는 좀 그렇지? 다른 선배들 보고서 보고 어떤 단어를 주로 쓰는지 살펴봐."

"넘버링은 세 개로 끊는 게 좋아. 눈에 딱 들어오게."

"표 눈금은 100개 단위로 다시 조정하고, 이런 그래프는 원형으로 만들고."

빨간 줄이 박박 그어진 보고서를 들고 자리로 돌아오는 일은 침울했지만, 지금 생각해보면 그렇게까지 나를 가르치는 일이 그에게는 또 얼마나 피곤했으랴 싶다. 일을 못하면 못하는 대로 그저 내치는 사람이었다면 일부러 바쁜 시간을 내어 빨간 줄을 긋지도 않았겠지. 그 후에 나는 '네가 못하는 건 네 탓, 나는 아무 잘못 없어요'라는 무책임한 리더와, '기회는 세 번이다. 안되면 넌 실격'이라 말하는 가혹한 리더도 만났다. 한 회사에 있었던 시간이 6년. 그 시간 동안 그래도 퍽 많이 배웠다.

클라이언트는 일을 가르쳐주지 않는다, 기회는 한 번뿐!

프리랜서가 되고 나서는 아무도 내게 일을 가르쳐주지 않는다. (물론 자신의 일의 퀄리티는 나름대로 높이는 것이지만) 어떤 일에도 기본적으로 적용되는 '일머리' 영역에서 그 차이는 더욱 크다. 메일 쓰는 법, 커뮤니케이션 하는 법, 업무 범위를 파악하고 그 안에서 나의 역할을 정하는 법, 효율적으로 일을 하기 위해 절차를 간소화하는 법 등이 모두 이 영역에 포함된다. 프리랜서의 작업물의 전문성과 별개인 이 일머리는 조직 밖에서 배우기가 참 어렵다.

아무도 프리랜서에게 보고서에 담긴 표의 눈금 간격이 적절하지 않다며 나무라지도, 이런 걸 참고해보라며 자료를 던져주지도 않는다. 해병대 훈련을 시킬 사람이 없다는 게 다행이긴 한데, 조는 나를 깨우며 머릿속에 무어라도 구겨 넣으려고 노력하는 선배 역시 없다. 클라이언트가 업무의 내용과 범위라도 명확하게 해주면 감지덕지다. 일을 못하면 어떻게 하냐고? 어떻게 하긴. 그냥 잘리는 거지.

클라이언트는 굳이 프리랜서를 가르쳐 일을 시킬 필요도, 일 못하는 프리랜서에게 따끔하게 충고할 필요도 없다. (물론 프리랜서도 그런 클라이언트를 바라지 않는다.) 회사가 바라는 방향과 맞지 않는다고 생각하면 다른 프리랜서를 찾으면 그만이니까. 직원을 해고하는 데는 참 많은 절차가 필요하지만, 프리랜서와 다시 일을 하지 않는 데는 어떤 절차도 필요하지 않다. 그저 프로젝트가 끝난 후 다시 연락하지 않으면 그만이다. 멋진 말로 장식하자면 프로의 세계, 질척거리고 서운한 마음을 담아 표현하자면 차가운 세계다.

그래서일까? 프리랜서로 일하는 동안 나는 회사에 있을 때보다 일에 대해 훨씬 더 많은 걸 배웠다. 회사라는 큰 시스템에서 나는 작은 일을 꼼꼼하게 맡으면 되었지만, 프리랜서의 세계에서는 각종 부서에서 해야 할 일을 오롯이 나 혼자 감당해야 하기 때문이다. 내가 나의 인사팀이자 재무팀이고, 영업팀이자 마케팅팀이며, 신기술 개발팀이자 경영지원팀이다. 내가 나의 비서고 사무보조다.

아무도 내게 삼십 센티미터 자를 들이밀지 않는 세계에서

프리랜서가 되고 나서 잘하게 된 것 중 하나는 커뮤니케이션이다. 프로젝트 전체의 목적과 방향성을 파악하고 그 일을 함께하는 구성원의 역할과 내 역할을 짚는 일을 잘하게 되었다. 예를 들어 글과 그림을 이용해 '세계 평화'를 표현하는 전시에 글 작가로 참여했다고 한다면, 세계 평화라는 주제를 왜 잡게 되었는지, 전시 기획 주체가 원하는 게 무엇인지 파악한다. 전시회에 사람이 많이 오는 게 목표인지 보고서에 그럴듯하게 들어가는 사진이 필요한 건지, 아니면 내년에 본격적으로 진행될 프로젝트를 위해 시범적으로 돌려보는 프로젝트인지 알면 일을 하는 게 더 수월하다. 그림 작가와 합을 맞출 때도 그림 먼저 그리고 글을 덧붙일 것인지, 내가 먼저 글을 쓰고 그림을 그리는 게 나을지 사전에 충분히 논의한 후에 진행한다. 이렇게 커뮤니케이션을 하게 된 건, 커뮤니케이션을 잘해야 내 일이 빨리 끝나기 때문이었다. 앉아 있는 시간만큼 돈을 받는 게 아니었기에 어떻게든 일을 효율적으로 빨리 끝내야 했고, 자연스럽게 어떻게 일을 잘하게 될까 골몰하게 되었다.

또한, 프리랜서가 되고 나서 나는 각종 툴에 익숙해졌다. 회사에 있을 때는 한글과 워드, 엑셀과 파워포인트만 잘해도 되었는데 이젠 영상 편집, 음원 편집, 포토샵도 배워야 한다. 프리미어와 블로(영상 편집 앱), 캔바(포스터 편집 앱)와 노크롭(사진 편집 앱)을 쓴다. 클라이언트가 쓰는 온갖 생산성 툴을 나도 같이 써야 하기에 노션과 트렐로, 워크챗과 구글 드라이브를 익힌다. 나와 함께 『딴짓』을 만드는 디자이너는 프리랜서가 되고 나서야 유튜브 강의로 인디자인(출판 디자인 프로그램)을 배웠다. 프리랜서에게 꾸준한 일감이란 곧 매일매일의 밥.

일을 잘하느냐 못하느냐의 문제는 부장님께 혼나느냐 그렇지 않느냐의 차원을 넘어서 내일 돼지고기를 먹을 거냐 소고기를 먹을 거냐는 차원의 문제다. 이제 나는 알아서 메일에 빠릿빠릿하게 답을 하고, 알아서 마감 기한을 지킨다.

마지막으로 무엇보다 치열하게 배웠던 건 역시 영업과 마케팅 아닐까? 일을 따내고 나 자신을 홍보하는 일은 아직도 참 어렵다. 큰 기업에 있으면 영업팀에 감사할 일이 별로 없다. 일이란 당연하게 주어지는 것이기에 때로는 많은 일이 버겁고 원망스럽기까지 하다. 일이 없으면 손가락 빨아야 하는 프리랜서에게는 무엇보다 영업팀이 간절하다. 작은 회사에 다녔을 때 영업을 잘하던 대표가 이렇게 말했던 기억이 난다.

"내가 일을 계속 따오고, 일만 하면 되니 얼마나 행복해요?"

그 말을 듣고 직원들 대부분은 황당한 기색을 감추지 못했지만, 솔직히 대표의 마음이 이해가 안 되는 건 아니다. 일을 따오는 일이 프리랜서에겐 가장 어렵기 때문이다. 마음 같아서는 일감 따오는 일만이라도 다른 프리랜서에게 맡기고 싶은

지경이다.

　일반 직장인이라면 알지 않아도 될 일들도 배운다. 프리랜서 1년 차였을 때 나는 처음으로 종합소득세 신고를 했다. 회사에 있을 땐 회사가 갖춰준 시스템에 접속해 그저 확인, 확인을 누르면 되었던 간단한 일이었지만, 내가 직접 세무 신고를 하면서 기본적인 세법 공부를 시작했다. 인터넷을 뒤적거리고 프리랜서 친구에게 전화를 걸고, 세무서에 찾아가 담당자를 괴롭혔다. 회사에서 담당자에게 부탁했던 세금계산서 발행과 인건비 지급도 내가 해야 할 일이었다. 볼펜과 인쇄용지를 사고, 포스트잇과 스테이플러 심을 사는 일조차 시간을 들여 해야 하는 업무라는 걸 알았다.

　아무도 내게 삼십 센티미터 자를 들이밀지 않는 세계에서 나는 생명력이 질긴 노동자가 되었다. 회사에 있을 때도 참 다양한 상사를 만난다 싶었지만, 그보다 더 특이한 클라이언트를 만나다 보니 별의별 상황에 익숙해졌달까. 자신이 무엇을 원하는지 모르고 일단 나를 고용하고 보는 클라이언트, 업무 진척 현황을 엑셀 시트로 주었더니 엑셀을 할 줄 모른다고 한글로 달라고 했던 클라이언트, 통장 사본을 보냈더니 급여에서 기타 소득세를 떼지 않고 밀어 넣었던 회사, 프리랜서도 직원이니 꼭 회식을 같이해야 한다고 주장했던 부장까지. 누군가가 나를 위해 다양한 상황을 준비해둔 것 같다. 당신이 어떤 클라이언트를 좋아할지 몰라서 전부 다 준비해 봤어요!

프리랜서 꿈나무에게, 일단 회사를 권해봅니다

그럼 어디서 일을 배워야 할까? 엉뚱하지만 나는 회사에서 일단 배우고 프리랜서의 세계로 오라고 말하고 싶다. 프리랜서로 일한다는 게 어느 날 결심한다고 해서 회사 입사처럼 착착 정해진 절차에 따라 진행되는 건 아니지만, 그래도 프리랜서로 일하고 싶은 사람이 있다면 얼마간이라도 회사에 다녀보라 권하고 싶다. 아무도 프리랜서에게 일을 가르쳐주지 않기 때문이다. 메일을 쓰는 방법도, 명함을 건네는 사소한 제스처도, 전자세금계산서를 발행하는 법도 혼자 익혀야만 한다. 그런 일이야 현장에서 몸으로 배울 수 있다고 치더라도, 클라이언트에게는 필요하지 않지만 노동자에게 필요한 일을 간과하기도 쉽다. 건강보험료를 과다하게 청구받지 않기 위해 해촉증명서를 떼야 한다거나, 계약서에 업무 범위와 기간을 명확하게 명기해야 한다는 것, 저작권의 시효가 언제 만료되는지 살펴봐야 한다는 것은 닥치기 전에는 미리 알기 어렵다.

회사를 먼저 다녀보는 게 일하는 데 도움이 되는 또 다른 이유는, 클라이언트의 입장을 이해해야 일의 맥락을 파악하기 쉽기 때문이다. 누군가가 새로운 광고에 들어갈 삽화를 요청했다고 해보자. 담당자의 말만 듣고 삽화를 그렸는데 그게 전체 광고 콘셉트와 맞지 않을 수 있다. 혹은 담당자는 마음에 들었는데 과장이나 부장이 퇴짜를 놓을 수도 있다. 내 작업에 대한 결제가 어느 선에서 되는지, 처음부터 완성품을 주는 게 좋은지 아니면 채색 전 그림을 주고 수정 사항을 요청받은 후에 나머지를 완성하는 게 좋은지, 이 담당자의 권한과 책임은 어디까지인지 안다면 작업이 더 수월하다. 회사에 다니면서 프리랜서를 고용할 일이 있었을 때 나는 내심 그가 점심 시간 후, 오후 2시 넘어 전화를 걸었으면 했다. 오전 9시부터 11시까지는 간밤에 온 메일을 확인하거나 회의를 하느라 정신이 없고, 11시부터 정오까지는 급한 일을 처리하느라 여유가 없고, 점심 시간 후인 오후 1시 30분까지는 한숨 돌리는 중이었기 때문이다. 그래서 나는 웬만하면 회사원 클라이언트에게는 오전에 전화하지 않는다.

메일을 받았으면 받았다고 일단 답하는 것도 내가 일을

맡기는 입장에 있어봤기 때문에 얻은 습관이다. 메일을 보냈는데 받았는지, 확인했는지 소식이 없으면 어쩐지 그 사람과 적극적으로 소통하고 있다는 생각이 들지 않는다. 눈에 보이지 않는 곳에서 일하고 있기 때문일 것이다. 설사 메일 내용에 답할 준비가 되지 않았더라도 일단 '확인했다. 생각한 후에 답변하겠다' 혹은 '회의 후에 답변하겠다'라는 답이라도 얻으면 그 사람이 나와 함께 사무실에 있는 듯했다.

프리랜서를 위한 연수원이 있다면

프리랜서는 갑옷 없이 노동 시장에 나온 사람이다. 개인적으로는 회사가 아니라 국가에서 프리랜서를 위한 갑옷을 만들어줘야 한다고 생각하지만, 일단 맨몸인 지금 프리랜서가 할 수 있는 일은 스스로 최대한 옷을 두껍게 입기 혹은 피부를 단단하게 만들기다. 그건 경험과 프리랜서의 연대를 통해 차차 해나갈 수 있는 일이겠지만, 이를 준비하기 위해서 일단 조직을 경험하는 것을 권하고 싶다. 어쩌면 조직 생활이 은근히 잘 맞아서 프리랜서를 하고 싶은 생각이 쏙 들어갈 수도 있다!

노동자 대부분이 프리랜서로 일하는 미래가 오면, 어쩌면 프리랜서를 위한 연수원이 생길지도 모르겠다. 내가 아는 프리랜서들에게 같은 옷을 입고 아침 7시에 줄지어 뛰라고 하면 어떤 표정을 지을지 궁금하다. 고무보트를 이고 바다에 뛰어들라고 하면 다들 보트를 타고 아예 집으로 돌아가려고 하지 않을까?

물론 그런 연수원 말고, 진짜 도움이 되는 연수원이 생긴다면 좋겠지만 그런 날이 오기 전까지는 알아서 일을 배우는 수밖에. 내 보고서를 보며 내가 빨간 펜을 드는 수밖에.

④

일못러라고 해서,
못난 인간은 아니니까

내가 왜 그랬을까. 으악, 입을 벌리면서 귀를 막는다. 벌어진
입으로는 내 귀에만 들리는 비명이 새어 나온다. 주워 담을
수 없는 실수를 했을 때면 나오는 버릇이다. 공항에서 여권
을 두고 나왔다는 걸 깨달았을 때도, 연인에게 보내야 할 문
자를 상사에게 잘못 보냈을 때도 귀를 막곤 했다. 뭉크의 <절
규>에 나온 사람처럼. 내가 또 실수한 거야? 이게 현실일 리
없어! 현실 부정 단계가 끝나면 깊은 자괴감이 몰려온다. 왜
그랬을까. 얼굴이 화끈거리고 손에 힘이 빠진다. 스스로에게
막말을 한다.

'이런 똥멍청이가 또 같은 실수를 하다니! 넌 실수에서 배운 게 없구나. 넌 정말 가망이 없는 인간이다. 이럴 거면 일 다 때려치워라. 세상에 쓸모라고는 없는 인간!'

프리랜서 생활을 포함해 사회생활 한 지 어언 10여 년. 이 정도 일하니 나라는 노동자의 특성을 얼마간 파악했다. 일의 구조를 잘 잡고, 맥락과 흐름을 읽어내는 재주는 있지만 치명적으로 덜렁대고 디테일을 챙기질 못한다. 칠칠하지 못한 성격 탓에 꼼꼼히 해야 할 일을 맡으면 아니나 다를까, 실수를 한다.

때론 스스로에게 회초리를 들고 싶은 순간이 있다

이번 실수는 컸다. 인터뷰집을 만드는 과정에서 인터뷰이가 요청한 수정 사항이 반영된 원고 대신, 기존 원고가 들어갔다. 이미 책이 1,500부나 찍혀 나오고, 그중 500부가 독자에게 배달된 후였다. 인터뷰이의 항의는 즉각적이었다. <절규> 속으로 빨려 들어간 기분이었다.

　일을 수습한 후에도 나에 대한 질책은 끊이질 않았다.

셀프 회초리가 있었더라면 스스로에게 채찍질을 가했을지도 모를 일. 며칠을 그 일로 괴로워했다.

"어떻게 또 이렇게 할 수가 있지? 난 정말 가망이 없나 봐."

"다들 실수를 하지. 괜찮아."

"아니야, 난 진짜 안 될 건가 봐. 프리랜서는 더 체질에 안 맞는 것 같아. 그만둬야 할 것 같아."

"네 상사가 너한테 그런 말을 한다면 가만히 있었겠어?"

"무슨 말?"

"지금 네가 너에게 하는 말. 똥멍청이라느니, 그만두라느니, 너는 가망이 없다느니 하는 말. 그걸 회사에서 네 상사에게 들었다면 뭐라고 했을 것 같아?"

"당연히 미쳤냐고 하겠지. 내가 일을 못했다고 그런 말 하면 안 되지! 명예훼손! 인신공격!"

"그런데 왜 너는 너한테 그렇게 말해?"

동료의 말이 내 폐부를 찔렀다. 이런 참신한 문답법이라니. 그리스 철학자가 따로 없군. 그의 말이 맞았다. 다른 사람이 내게 그런 말을 하는 게 허용되지 않는다면, 나도 내게 그런 욕을 해서는 안 되었다. 나를 지지하고 보호해줄 사람을 있는 대로 끌어모아도 부족할 판에 나마저 내게 등을 돌리다니.

내가 나의 상사가 될 때 벌어지는 일

프리랜서는 내가 나의 상사이자 감독관이다. 클라이언트의
피드백과는 별개로 일의 성과를 판단하는 역할은 끝내 내게
주어진다. 이번 일은 잘했지만 누구에게 맡겨도 괜찮은 성과
가 날 만큼 쉬운 일이었으니 그리 콧대 올라갈 필요 없다든가,
클라이언트의 피드백은 좋지 않았지만 받은 일정에서 이 정
도면 선방한 셈이라든가. 나를 어르고 달래서 다시 책상 위
에 앉히는 것도 감독관인 내가 해야 할 일! 그러니 좋은 노동
자가 되어야 하는 만큼, 나를 잘 이끌어주는 리더의 역할도
내가 맡아야 한다. 실수를 했다고 내게 폭언을 쏟아내는 상
사가 끔찍하다면, 나는 최악의 상사였다.

"정말 그렇네. 난 나한테 너무 안 좋은 상사였다."
"네가 상사라면 뭐라고 말할래? 이런 상황에서?"
"일을 수습하느라 수고했다. 실수한 건 잘못했지만, 중요한
건 실수한 후에 어떻게 행동하는가다. 뭐 이렇게 이야기할

것 같은데?"

"이미 답을 다 알고 있네!"

인쇄가 잘못 나온 걸 안 후, 즉각 사과했다. 인터뷰이에게 전화가 온 지 30분 만에 그의 사무실 앞에 도착했다. 사과하는 일은 아무리 반복해도 익숙해지지 않고, 좋은 사과에는 수많은 조건절이 따라붙는다. 당사자에게 사과하고, 사과문을 만들어 허락을 받고, 홈페이지와 SNS를 통해 안내문을 보내고, 이미 책을 받은 독자들에게 단체 메일을 날렸다.

'독자분들께 양해의 말씀을 구합니다. 무엇보다 심적 고통을 겪으신 작가님께 사과의 말씀을 드립니다.'

인터뷰이에게 수고하셨다는 말을 듣고서야, 스스로에 대한 분이 좀 풀렸다. 그래도 '너는 일을 할 자격이 없다', '이럴 거면 다 때려치워라' 마음을 후벼 팠던 힐난은 오래 남았다. 부정적인 피드백은 쉽게 나 자신에 대한 근본적인 비난으로 이어진다. 난 원래 그런 사람이었지. 남들보다 부족한 사람이야. 난 어딘가 망가진 게 틀림없어. 새 살이 채 돋을 시간도 없이, 상처가 자꾸 덧난다.

일을 못한다고, 네가 못난 건 아니니까

회사에서 일할 때보다 프리랜서로 일할 때 스스로에게 엄격해지는 이유는 결과물이 곧 나 자신이라고 착각하기 쉽기 때문이다. 회사에서는 업무뿐 아니라 조직에 적응하는 능력, 팔로우하는 능력, 리드하는 능력, 조직의 분위기를 좋게 하는 능력 등 다방면에서 나를 판단하게 된다. 회사에서 인정받지 못한다고 내가 부족한 사람인 것도 아니지만, 회사에서 업무 능력이 부족하다고 해서 조직에 필요 없는 사람인 것도 아니다. 하지만 프리랜서는 클라이언트와의 간헐적 미팅 외에는 대개 작업물만으로 자신을 말한다. 그러니 일과 나의 일체화는 더 심해진다. 일이 나 같고, 내가 일 같다. 일로 칭찬받으면 나 자신이 성공한 사람 같고, 일이 만족스럽지 않다는 피드백을 받으면 나 자신이 멍청한 인간 같다.

일을 못하면 유예 기간이나 교육 기간 없이 바로 일이 끊기는 것도 스스로에게 엄격해지는 이유다. 일을 못하는 건 바로 생계와 직결되는 문제니까. 그러니 나는 점점 스스로에게 빡빡한 상사가 된다. 조직에 있을 때보다 더. 한병철 교수가 『피로사회』에서 이야기한 것처럼, 내가 나의 감시자이자 빅브라더다.

회사에서 팀장으로 일할 때가 생각났다. 팀원 중 한 명의 업무 능력이 눈에 띄게 떨어졌다. 그가 다른 팀원에 비해 일을 못한다는 건 누가 봐도 분명했다. 늘 침울한 그를 생각하며 회식 자리에서 넌지시 이렇게 이야기한 적이 있었다.

"일을 못한다고 해서 그 사람 자체가 못난 건 아니라고 생각해."

왜 나는 자신에게는 그런 말을 해주지 않았을까? 그건 분명히 잘못된 일이지만 그렇다고 네가 못난 사람인 건 아니라고. 책임지고 뒷수습했다면 그만 앞으로 나아가라고. 어깨를 토닥이고 씨익 웃어주지 않았을까?

내가 나의 감독관이 되면 가혹하게 '자기 착취'하게 된다. 이 정도로는 충분하지 않은 것 같고, 조금 더 엉덩이를 붙이고 앉아 있어야 할 것 같다. 회사에서는 내가 모니터 앞에 코를 박고 있으면 일하는 줄 알겠지만, 스스로는 그저 멍 때리고 있을 뿐이라는 걸 안다. 나라는 노동자의 생각이 나라는 감독관에게 투명하게 보인다. 오늘 8시간 동안 자리에 앉아 있었다고? 그렇지만 진짜 일한 시간은 4시간뿐이잖아? 내가 나에게 눈치를 준다.

대표와 팀장과 팀원과 프리랜서 사이에서

좋은 리더가 되는 일은 어렵다. 한 사회적기업에서 팀장으로 일할 때 그 기업의 대표는 사적인 자리에서 종종 이렇게 말했다.

"팀장님은 대표 역할도 해보셨으니까 이해하시죠? 대표 자리가 그렇게 좋지만은 않다는 걸요."
"그럼요. 대표는 어려운 일이죠."

팀원들은 술자리에서 또 이렇게 말했다.

"팀장님도 막내 오래 하셨으니까 알지 않으세요? 그 지시가 말이 안 된다는 거요."
"그럼요. 직원들이 힘들죠."

조직을 나와 벽 한 장 없는 들판을 떠돌면서 알게 된 건 각자의 자리에는 각자가 지는 무게가 있다는 거였다. 대표는 직원에게 욕을 먹으면서까지 해야만 하는 일이 있었고, 직원들은 욕을 하지 않을 수 없는 상황에 있었다. 작은 기업일수록 시스템이 아니라 순수 노동이 이윤을 만들어냈고, 회사의 재무가 건강해지길 바라는 대표는 직원들에게 자꾸 야근을 종용했다. 직원들은 회사가 잘된다고 해서 개인이 잘되는 건 아니므로 굳이 약속된 시간 이후까지 열정을 쏟을 필요성을 느끼지 못했다. 그 시간에 일찍 퇴근해서 개인 브랜드라도 쌓는 게 자신의 긴 미래를 위해 좋을 터였다.

　이것도 맞고, 저것도 맞고, 이 사람도 옳고, 저 사람도 옳은 상태에서 내가 결정한 태도는 결국 '솔직하게 많이 털어놓기' 정도였다. 제가 야근을 할 수 없는 이유는요, 제가 여러분한테 야근을 시킬 수밖에 없는 이유는요, 회사가 이렇게 바쁜데 또 프로젝트를 따온 이유는요, 다들 바쁜데 그 직원에게 일을 더 시키는 이유는요. 솔직하게 말하다 보면 가끔은 내가 그저 내게 유리한 입장만을 취하고 있다는 걸 깨달을 때도 있다. 여러 위치에서 일을 해보면서 내가 더 뛰어난 사람이 되었는가? 그렇지는 않은 것 같다. 다만 스트레스는 좀 줄었다. 대표가 일을 많이 시키는 데도 이유가, 팀장이 무리한 지시를 내리는 데도 이유가, 팀원이 어깃장을 놓는 데도 이유가 있다는 걸 알게 되었기 때문이다. '어떻게'는 몰라도 '왜'만이라도 알게 되었달까?

　프리랜서를 할 때도 내게 솔직해지려 노력한다. 그냥 좋은 상사가 되는 것도 어려운데, 심지어 나에게 좋은 상사가 되는 건 더 어렵다. 내가 나의 팀장이자 팀원이오, 대표이자 직원인 지금은 나의 자아를 분리하려 노력한다. 일하는 나와 감독하는 나를 분리해 생각한다. 직원에게 그런 식으로 이야기하면 안 되지. 노동 권리를 보장해줘야지. 팀원에게도 휴식 시간이 필요하지. 적당히 눈을 감아주고, 괜찮다고 웃어 보인다. 그토록 듣고 싶었던 말을 해준다.

"초롱씨, 이제 그만 퇴근해요."

최악의 실수 리스트

자기 착취, 자책 중인 당신에게 공개하는 나의
최악의 실수 리스트. '다른 프리랜서도 이 정도 실수는
한다고!'라고 생각하며 나아지는 데 도움이 되길.

1. 클라이언트에게 새벽 세 시에 전화하기

친구들과 술 먹다가 최근 전화 목록을 잘못 눌러버렸다. 전화가
걸린 줄도 모르고 심수봉의 <그때 그 사람>을 열창했다. 다음 날
통화 내역을 통해 그가 내 노래를 처음부터 끝까지 다 들었다는 걸
확인하곤 한참 '이불 킥'을 했다.

2. 클라이언트 조직 담당자 차 박기

한 공공기관에서 출판 강연을 하던 때, 마지막 날이라 수강생들에게
주고 싶은 선물을 차에 잔뜩 실었다. 담당자에게 물건을 함께 내리자고
미리 연락을 하고 어두운 주차장에 도착해 **후진을 하다가 누군가의
차를 박았다.** 마침 나를 도와주러 온 담당자의 비명이 들렸다.
"선생님, 그거 제 차인데!" 너무 놀라 차를 다시 빼는데 다시 들려온
담당자의 비명. **차를 한 번 더 박았다!**

3. 해외 출장 가는데 여권 놓고 나오기

프로젝트 때문에 해외 출장을 가던 날, **공항에 도착했는데 여권을
집에 놓고 온 게 생각났다.** 늦잠 자서 미팅에 지각한 적도, 프로젝트
마감일을 착각해서 제때 작업물을 보내지 못한 적도, 애인에게
보낼 메시지를 클라이언트에게 잘못 보낸 적도 있었지만 **여권을
놓고 왔을 때만큼 식은땀이 나지는 않았다.**

그래서 얼마 준다는
이야기를 왜 안 하니!

새침하게 흐린 품이 눈이 올 듯하더니 눈은 안 오고 얼다 만 비가 추적추적 내리었다. 이날이야말로 사대문 안에서 프리랜서 노릇을 하는 박 작가에게는 오래간만에도 닥친 운수 좋은 날이었다. 새로 시작한다는 문학잡지에 실릴 글의 청탁을 받은 것을 비롯으로 행여나 외주가 있을까 하고 SNS를 어정어정하며 올라오는 글에 거의 비는 듯한 눈길을 보내고 있다가 마침내 인터뷰 작업을 하나 따낸 것이었다. 아침 댓바람에 그리 흔치 않은 일이었다. 그야말로 재수가 옴 붙어서 근한 달 동안 돈 구경도 못한 박 작가는 외주 메일이 들어왔을 때 거의 눈물이 날 만큼 기뻤다. 그런데 얼마? 얼마를 줄 것인가.

"인터뷰 대상은 문화재단에서 지원금을 받은 예술가고요. 사진작가님이 붙으실 예정입니다. 2부로 나누어서 들어가는 글까지 부탁드려요. 원고지 30매. 마감까지 3주 정도면 넉넉하실까요?"

클라이언트는 작업 청탁을 꼼꼼히도 해내었다. 글의 분량도 A4를 기준으로 놓지 않고 원고지로 매김하다니. 이 얼마나 전문가다운가. 그래서 얼마? 얼마를 받을 수 있을 것인가.

"인터뷰 가시기 전에 대상자에 대해 좀 아셔야 할 것 같아서 도록과 관련 기사를 보내드려요."

관련 기사까지 보내는 품새로 보아하니 일을 어수룩하게 했다가는 다시는 연락이 오지 않을 타입의 클라이언트였다. 박 작가는 잘 살펴보겠다는 둥, 작업물에 대한 기준이 분명해서 좋다는 둥 하나 마나 한 소리를 했다. 그러는 와중에도 박 작가의 머릿속엔 그래서 얼마를 줄 것인가에 대한 기대가 부풀어 올랐다. 첫 번에 30만 원, 두 번째에 50만 원이면 얼마나 좋으랴. 박 작가의 강아지 뿐이가 유기농 간식을 못 먹은 지도 달포가 넘었다. 이번에 고료를 받으면 뿐이가 좋아하는 닭고기 맛 간식을 사줄 수 있으리라. 박 작가는 입술을 달싹거렸다.

"그럼 자세한 내용은 메일로 정리해서 보내드리겠습니다."

어라, 클라이언트는 끝내 원고료를 밝히지 않고 전화를 끊었다. 박 작가는 고료를 묻지 못한 자신을 탓하며 허겁지겁 노트북 앞에 앉았다. 메일에는 그래서 얼마를 줄 것인지에 대한 이야기가 적혀 있을 것 같았다. 가끔 돈 이야기를 전화 통화로 하기 꺼리는 클라이언트들이 있었다. 그래도 이름 있는 재단이니 매당 만 원은 넉넉하게 쳐주지 않을까. 2만 원을 받았다는 이야기도 들은 적이 있었다. 그렇다면 은근슬쩍 원고지 한두 매쯤 더 써도 좋을 것이다. 어쩌면 일전에 아울렛에서 점찍어둔 점프수트를 살 수 있을지도 모른다. 매장 직원의 입에 발린 칭찬이 과장이 아니라고 느껴질 만큼 박 작가에게 꼭 어울리는 옷이었지만, 슬쩍 가격표를 보고서는 내려놓고 말았다. 박 작가는 메일함을 열고 간간이 '새로 고침'을 눌렀다. 그래서, 얼마?

삼십 분 남짓한 시간이 흐른 후 마침내 클라이언트의 메일이 도착했을 때, 박 작가는 자신도 모르게 침을 삼켰다. 메일을 누르자 통화로 나눴던 내용이 넘버링되어 가지런히 자리를 잡고 있었다. 프로젝트 기획 의도, 인터뷰 대상자의 정보, 인터뷰 일정과 관계자 연락처, 원고 분량과 마감일까지. 그러나 어디에도 원고료는 적혀 있지 않았다. 박 작가는 메일을 끝까지 내려 읽었다. 한 번 더 꼼꼼하게 읽었다. 어디에도 외주비에 대한 이야기는 없었다. 뿐이의 유기농 간식과 초록색 점프수트가 아른거리다 차츰 흐릿해졌다. 박 작가는 핸드폰을 들고 담당자의 번호를 바라보았다. 전화를 해야 할까. 뿐이가 사뿐사뿐 걸어와 박 작가의 허벅지에 머리를 턱하니 대고 한숨을 쉬었다. 뿐이의 목소리가 들리는 것 같았다.

그래서 얼마 준다는 이야기를 왜 못하니! 괴상하게도 오늘은 운수가 좋더니만.

프리랜서가 돈돈거려서 미안합니다만

프리랜서로 일하면서 참 괴상한 문화라고 느꼈던 것 중 하나는, 클라이언트가 일을 맡기면서 프리랜서에게 외주 금액을 명확하게 밝히지 않는 경우가 많다는 거였다. 대개 전화나 메일로 업무에 대한 설명을 하고, 내가 긍정적인 시그널을 주면 그제서야 돈 이야기를 꺼낸다. 마치 못 할 말을 한다는 듯이 겸연쩍어 하면서 말이다. 돈돈(Money)거려서 미안하다는 듯이, 혹은 내가 당신을 존중하지 않는 것처럼 보일까봐 초조하다는 듯이. 무슨 무슨 협회나 센터 혹은 학교에서 일이 들어올 때면 그런 경향은 더 심해진다. '작가님이 돈 때문에 오시는 게 아니라는 건 잘 알고 있습니다만'이라는 첨언도 심심치 않게 보인다. 뭔가 같이 송구해지는 말이다.

회사원들이 연봉을 묻지 않은 채로 출근을 하지는 않는 것처럼, 프리랜서도 대가가 얼마인지 모르면서 선선히 작업을 하겠다고 하지는 않는다. 물론 '돈이면 다 된다고 생각하시면, 감사합니다'라는 유행어도 있지만, 사실 돈이면 다 되는 건 아니다. (그래도 돈을 많이 주면 다 될 확률은 높아진다.) 들어오는 프로젝트를 선택하는 기준에는 참 여러 가지가 있다. 이 일이 나를 얼마나 발전시키는가? 내가 흥미를 느끼는 일인가? 내가 잘할 수 있는 일인가? 클라이언트와 회사의 방향이 내가 옳다고 생각하는 쪽인가? 업무 기간이 너무 길지는 않은가? 나의 다른 프로젝트와 병행할 수 있는가? 그럼에도 가장 마지막엔 이 질문이 따라붙는다. 무엇보다! 이 일은 얼마를 주는가?

클라이언트는 왜 침묵하는가

그렇다면 클라이언트는 왜 금액을 명확하게 밝히지 않을까?
나도 회사를 다닐 때 프리랜서에게 자주 외주를 맡겼다. 프
리랜서로 생활하면서도 다른 프리랜서에게 일을 맡길 때가
많다. 전체 프로젝트의 금액이 넉넉한 경우는 많지 않았다.
그 때문이다. 클라이언트가 금액을 밝히기 어려워 하는 첫째
이유는 외주비가 짜기 때문이다. 공공기관에서 권장하는 원
고료는 고작해야 매당 만 원꼴. 20매를 쓰면 20만 원 정도가
주어진다. 작가가 이름이 알려졌거나 관련 경력이 많다고 해
도, 공공기관일 경우 책정된 원고료 이상을 줄 수도 없다. 원
고료는 그림과 일러스트, 사진 등을 비롯한 수많은 다른 프
리랜서 작업물과 마찬가지로 몇십 년째 제자리걸음을 하고
있다. 햇반값도 오르고, 김칫값도 오르는데 일편단심 지고지
순한 창작물값만 그대로! 그러니 일을 맡기는 클라이언트도,
십 년이 넘게 같은 외주비를 받는 프리랜서도 얇은 봉투가
민망해 쉽게 이야기를 꺼내지 못한다.

또 하나의 이유는 돈 이야기를 꺼내는 것이 창작하는 프리랜서의 자존심을 건드린다고 생각하기 때문인 것 같다. 다른 이는 몰라도 내게는 해당 없는 이야기. 낮은 금액에 자존심이 상한 적은 있어도, 돈 이야기한다고 나를 무시한다고 생각한 적은 없다. 그림도 입에 풀칠은 해야 그리고, 음악도 손가락 움직일 기운은 있어야 만드는 법. 솔직하게 말해보자면, 자신의 아이덴티티를 만들거나 예술혼을 불태우는 개인 작업은 돈 때문에 하는 건 아닐지 모르지만 외주는 주로 돈 때문에 하는 것이 맞다. 그러니 클라이언트님, 얼마인지부터 까고 이야기해주시면 이 대화의 핑퐁이 좀 더 빨리 돌 것 같아요!

가끔은 외주비 이야기를 명확하게 하지 않는 게 클라리언트의 갑질 때문일 때도 있다. 프리랜서를 시작한 지 얼마 되지 않은 새내기(?) 프리랜서나 여성 프리랜서에게 자주 일어나는 일! 일단 불러서 일만 설명하고 '좀 해줘', '어렵지 않잖아', '우리 사이에 이런 일 정도는' 따위의 말로 후려친 금액을 정당화하는 경우도 있다. 어렵지 않으면 직접 하시지 그러세요. 우리 사이는 어떤 사이인가요. 묻고 싶지만 딱 붙은 입이 어쩐지 떨어지지 않는다. '이 일만 잘 해내면 다른 일이 생기겠지'라는 막연한 희망 혹은 '괜히 밉보였다가 업계에서 뒷말 생길라'라는 어렴풋한 걱정이 앞서기 때문이다. 우리 할 말은 하고 살아요! 라며 두 주먹 불끈 쥐고 분연히 일어나자고 외치고 싶지만, 어디 그게 말만큼 쉽나. 특히 경력을 막 쌓기 시작한 프리랜서나, 여러 상황으로 한 푼이 아쉬운 창작자에겐 더 힘든 일이다. 그저 클라이언트에게 조금 더 정중한 제안을 요청할 뿐이다.

차마 우리끼리도 묻기 힘든 그 질문, 그래서 얼마 받아요?

클라이언트에게 그래서 얼마 주냐고 당당하게 물으라고 말했지만, 사실 클라이언트보다 더 돈 이야기를 하기 힘든 상대는 프리랜서 동료들이다. 누군가의 연봉을 묻는 일이 많은 경우에 실례가 된다는 점을 떠올려보자. 프리랜서에게 그 일로 얼마 받냐고 묻는 일은 프리랜서를 하는 나조차도 어렵다. 단가가 자존심인 프리랜서도 있기 때문이다. 그가 얼마를 받느냐가 그의 존재 가치를 결정하는 건 당연히 아니지만, 줄 세우기가 관습화된 사회에서 등수 매기기 유혹은 얼마나 강렬한지!

　유명한 작가를 만나도 나는 그가 먹고살 만은 한지, 한

편 쓰면 얼마나 받는지 궁금하다. 나와 경력이 비슷한 프리랜서를 만나도 그는 도대체 얼마를 받는지, 지난번에 나랑 같은 매체에 글을 실었던데 나와 매당 금액은 같았는지 묻고 싶다. <큰일여>에 들어오는 사연 중 상당수도 다른 프리랜서는 얼마를 받는지 혹은 이런 작업을 요청받았는데 얼마를 불러야 하는지에 대한 문의다.

에잇, 나부터 작업 가격표를 까보자. 나는 글을 쓰는 작업의 경우엔 원고지 매당 만 원에서 2만 원을, 인터뷰나 취재가 들어가는 경우에는 건당 30만 원에서 50만 원을, 한 권 분량에 해당하는 자서전이나 소개 글을 써야 할 때는 500만 원에서 700만 원을 부른다. <큰일여>에 출연한 한 유명 인디 뮤지션도 노동 단가표를 SNS에 공개한 바 있다. 공연 한 번에 80만 원, 두 명이 가야 하는 공연이라면 100만 원, 세 명이 가야 한다면 150만 원이다. 글과 일러스트 값도 책정해 놓았다. 그 분과 노동 단가 공개에 대한 이야기를 한 적이 있었다.

"저는 가격표를 제 SNS에 올려요. 그런데 모두가 이렇게 하자고 말하기에는 좀 어려운 부분이 있어요. 자기 노래를 발표할 만한 자리가 아예 없는 사람들도 있으니까요."
"돈을 많이 안 받아도 일을 하나의 기회로 생각한다는 건가요?"

"그쵸. 단가표를 공개할 수 있다는 것 자체가 권력처럼 들릴 수도 있으니까요."

가격표를 공개하는 것에 대한 비판의 목소리도 있다. 노동에 일정한 값을 매겨 공개하다 보면, 어느새 모두 한 줄 서기를 하게 되지는 않을까 하는 우려다. 그의 말대로 어쩌면 그걸 공개할 수 있는 사람들은 먹고살 만한 사람들인지도 모른다. 그래서 모두 다 같이 자신의 메뉴판을 펼쳐보자고 말하기는 어렵다. 그렇지만 단가를 공개하지 않으면, 우리는 언제까지고 암암리에 일을 하게 되는 건 아닐까? 햇반값도 김칫값도 오르는 시대에, 우리의 작업비만 한자리를 맴돌게 되는 게 아닐까?

프리랜서가 늘고 다양한 노동 형태에 대한 이해가 높아져서인지, 요즘은 처음부터 얼마를 줄 수 있는지와 과업의 범위를 명확하게 밝히는 클라이언트가 늘었다. 프리랜서도 예전처럼 계약서 검토 없이 도장을 쾅쾅 찍지는 않는 것 같다. 그래도 돈 이야기는 여전히 더 편해질 필요가 있다. 클라이언트여, 편하게 이야기하시라. 일단 돈 이야기부터 들어야 속이 시원할 것 같다. 프리랜서여, 외쳐보자! 클라이언트, 그래서 얼마를 주시나요?

⑥
프리랜서에게도
구내식당이 필요해

"나 요즘 요리하는 게 너무 좋다!"

프리랜서로 독립해 회사에 출근하는 대신 집에서 일하고부
터, 요리하는 데 재미를 붙였다. 나를 위해 내가 한 끼를 만
든다는 게 너무 좋았고, 회사 구내식당에서 나오는 몇 안 되
는 선택지 중 하나를 고르지 않아도 된다는 자유를 만끽했다.
이제 내가 먹고 싶을 때, 내가 차려서 먹을 거야! 요리가 너무
재미있다고 친구들에게 자랑하자 프리랜서 세월이 긴 한 친
구가 말했다.

"너 혼자 차려 먹은 지 얼마나 되었지?"

"이제 일 년 된 거지!"

"일 년 차에는 원래 다 그래. 다들 요리 천재야."

그의 예감은 분하게도 들어맞았다. 일 년이 지나자 요리가 슬슬 귀찮아졌고, 집에서 일하다 보니 뭐 대단한 걸 먹으러 집 밖에 나가기도 성가셨다. 남들과 다른 생활 리듬 때문에 내가 배고픈 새벽 1시가 되면 문 연 식당이 없었다. 아침이면 시리얼에 우유를 부어 눈을 감은 채로 입에 밀어 넣었고, 점심이면 어제 시켜 먹다 남은 피자를 데워 모니터 앞에서 씹고, 저녁에는 마지못해 10분이면 만드는 된장찌개를 끓였다. 그마저도 넷플릭스에 접속한 아이패드와 함께 차린 식사였다. 그렇다. 과거에 굴비 그림을 그려 밥을 먹는 이가 있었다면, 현대에는 넷플릭스를 반찬 삼아 허기를 때우는 이가 있다. 그렇게 밥을 대충 먹은 후엔 시간이 날 때마다 집에 쟁여 둔 간식을 주워 먹으며 내 혈당을 고문했다. 혈당아 올라라! 내려라! 다시 간식이 간다!

끼니를 챙겨 먹는 건 사치스럽고
일은 생각보다 쉽게 끝나지 않는다

프리랜서로 살다 보면 무엇이 달라지느냐는 질문에 나는 멋들어지게 자유의 감각에 대해 말하고 싶지만, 사실 현실적으로 가장 많이 달라지는 건 끼니를 제때 챙겨 먹지 않게 된다는 거다. 회사에 있을 때는 정오가 되면 좋으나 싫으나 자리에서 일어나 식당으로 향했다. 점심 식사도 업무의 연장이니 (그렇다, 회식뿐만이 아니라 무려 점심 식사마저도 업무의 연장이다!) 팀원들과 함께 먹어야 한다는 차장님과 일할 때는 점심을 거른 적이 없었다. 그 한 시간을 놓치면 오후 6시까지 제대로 된 밥을 먹을 일은 없으니 노동의 리듬이고 뭐고, 보고서가 한창 잘 써지고 있든 말든 시간이 되면 의자를 박차고 엘리베이터를 눌러야 했다.

그렇지만 프리랜서는 혼자 일하고, 혼자 밥을 챙겨 먹고, 혼자 휴식 시간을 정하지 않나. 일이 잘되면 잘되어서 좀 이따 먹게 되고, 일이 안되면 한 것도 없는데 밥부터 챙겨 먹는 게 민망해서 식사를 미룬다. 어쩌면 일하지 않았다고 밥 먹을 자격도 없다고 스스로를 채찍질하는 못된 습관은 효율적인 노동자가 되어야 한다는 강박에서 비롯된 건지도 모른다.

사랑받지 못하고 자란 아이가 사랑받기 위해 늘 자신을 증명하려고 노력하듯, 회사에서 인정받지 못하면 잘린다고 협박받으며 일한 노동자는 자신에게 밥 먹을 여유조차 쉽게 허락하지 않는다. 그런 노동자가 생각하기에 밥 먹는 건 때때로 '사치'고 '낭비'다.

> '지금 나갈 준비를 하고 나가서 밥을 먹고 돌아오면 한 시간 반 정도 걸리겠지? 혼자 먹는데 그렇게까지 해야 하나. 그럴 바엔 차라리 빨리 일을 끝내고 먹어야겠다.'

그러나 일은 생각보다 빨리 끝나지 않는다. 식사 시간은 정오였다가, 오후 1시였다가, 갑자기 오후 4시가 되기도 한다. 건강에 좋을 리가 없다. 위장 질환을 달고 살던 어느 날, 비윌슨의 『식사에 대한 생각』의 한 문단에 눈이 멈췄다.

> "삶의 리듬 변화는 우리의 식생활에 놀랍고도 극심한 영향을 미쳤다. 시간이 부족하다는 압박감은 기존과 다른 음식을 먹게 할 뿐만 아니라 그 음식을 새로운 방식으로 먹게한다. 시간을 낭비하면 안 된다는 집단적 강박의 결과로 간식 소비가 늘어나고 아침 식사를 직접 요리하는 일이 줄어

들었으며 간편 식품이 증가하고 점심 시간이 사라졌다."

과연 그렇다. 중요한 것은 실제로 시간이 부족한가가 아니라 내가 얼마나 '시간이 부족하다고 느끼는가'다. 그러니 프리랜서가 끼니를 잘 챙겨 먹지 않게 되는 건 실제로 노동 시간이 길기 때문이 아니라 늘 시간이 없다고 느끼기 때문이다. 항상 일하는 감각을 가지고 있기 때문에, 퇴근이 없는 것 같기 때문에, 나는 늘 쫓긴다. 바쁜 사람처럼 식사를 허겁지겁 먹는다. 식사는 시간을 들여 해야 하는 독립적인 행동이 되지 않고, 업무와 업무 사이에 급하게 해치워야 할 귀찮은 미션 혹은 무언가를 읽거나 보면서 동시에 하는 사이드 액션이 된다. 식사를 잘 챙겨 먹지 않는 사람이 많아지는 건 사람들이 게을러져서가 아니라 사회가 우리에게 효율적인 노동자가 되기를 은근하게 강요하기 때문이 아닐까.

'라떼 장인'의 그 교과서 같은 충고

프리랜서 20년 차 언니와 술을 마시던 어느 날, 나는 그렇게 물었다.

"프리랜서 생활을 나보다 15년이나 오래 했으니, 해줄 말
정도는 있지 않아요? 내가 살아보니까 이렇더라."

"해줄 말 많지. '라떼 장인'처럼 보일까봐 못 하고 살지."

"프리랜서 일감 노하우 같은 건가?"

"아니, 간단한 거야."

"뭔데요?"

"세끼 잘 챙겨 먹고, 스트레칭 열심히 하고, 이 잘 닦는 거."

언니가 말한 노하우는 너무 교과서적이라 별로 와닿지가 않
았다. 그런 이야기는 나도 할 수 있다. 심지어 영어로도 할 수
있다. Be yourself! Be ambitious! 그렇게 말하자 언니가
최근에 받은 임플란트 시술에 대해 자세히 설명하기 시작했
다. 치아 뿌리가 들어가야 할 부분에 철을 심고, 입안으로 연
결되는 기둥을 만들고, 그 나사가 이에 잘 붙게 기다리고, 맞
춤으로 제작된 이를 심고. 언니의 입담이 얼마나 실감 나는
지 나는 들으면서 나도 모르게 내 턱을 붙잡았다. 내 턱 안으
로 들어오는 드릴 소리가 들리는 것 같았다. 두두두두. 그것
뿐일까. 살인적인 임플란트 가격에 입이 턱 벌어졌다.

　"이래도 이 잘 닦으라는 말이 충고로 안 들려?"

들렸다. 완전 잘 들렸다. 오랜 시간 안 좋은 자세로 앉아 있어 허리 디스크에 걸린 프리랜서A의 이야기와, 만성 소화불량과 위염에 시달리는 B의 이야기가 이어졌다. '교과서 같은 충고'는 지루해서 교과서 같은 게 아니었다. 교과서에 실릴 만큼 공신력 있는 이야기이기에 실린 거였다!

식사를 잘 챙겨 먹는 건 삶의 기본이다. 자신의 노동 리듬뿐 아니라 삶의 리듬까지 오롯이 혼자서 책임져야 하는 프리랜서에게는 더욱 중요한 일이다. 아무도 프리랜서의 식사를 챙겨주지 않는다. 프리랜서에겐 구내식당도 없고, 식단을 짜주는 영양사도 없고, 쇳소리 나는 급식판도 없다. 우리의 목표가 생산성이 가장 높은 노동자가 되는 건 절대 아니지만, 일을 오랫동안 잘하기 위해서는 식사를 잘 챙겨 먹어야 한다. 좋은 삶을 위해서는 식사를 잘 챙겨 먹어야 한다. 지금은 앞뒤 관계가 뒤바뀐 사회다.

무너지지 않는 멘탈은
달콤한 아이스크림에서 나오는지도 몰라

식사를 잘 챙긴다는 것은 세끼 꼬박 건강식을 먹는다는 뜻만은 아니다. 먹는 시간, 오롯이 내 몸의 욕구와 호흡에 집중하는 시간을 확보한다는 의미다. 우울증이나 번아웃에 시달릴 때면 그런 시간이 더욱 절실해진다. 내가 쓸모없는 인간이 된 것 같은 생각, 손가락 하나 까딱하기 싫은 무기력, 모든 일이 무의미하다는 괴로움이 불쑥불쑥 찾아온다. 그럴 때면 프리랜서로 산다는 것의 의미, 내가 하고 있는 프로젝트의 의의, 자유롭게 일한다는 것에 대한 회의는 집어치우고 아이스크림을 사 먹으러 간다. 아이스크림이 프리랜서 언니가 추천하는 것처럼 건강한 음식은 아니지만, 적어도 오늘치의 허무를 극복하기에는 좋은 음식이다.

　달콤한 간식을 먹는다. 유튜브 동영상을 켜지 않고, 넷플릭스 연속 재생을 설정해두지 않고, 웹툰 스크롤을 내리지 않고 간식 먹기에 집중한다. 티라미수 케이크, 녹차맛 아이스크림, 아포가토, 겨울이면 뜨끈한 호떡도 좋고 여름이면 쫄깃한 떡이 올라간 팥빙수도 좋다. 간식을 먹는 행위에 집중하는 것, 그 맛을 천천히 느껴보는 것은 열심히 일한 나를 위한 상이자 격려다. 고작 달콤한 거 먹는다고 이렇게 기분이 좋아지는 것을, 나는 왜 그렇게 거대 담론 속으로 빠져들었나 싶다. 내가 고작 한 스푼의 설탕 때문에 삶에 대한 회의를 멈춘다는 것이 때로는 씁쓸하기도 하지만 이왕 찾는 삶의 의미라면 기분 좋을 때 생각해보는 게 좋지 않겠나.

혼자 하기 어렵다면 '넛지'를 활용하는 것도 좋다. 요즘 나는 챌린저스라는 앱을 이용해 하루 두 번 먹는 것을 인증하는 미션에 참여한다. 정해진 시간에 내가 먹는 음식을 찍어서 올리기만 하면 되는 단순한 미션이다. 이 미션을 모두 달성하면 내가 베팅한 금액에서 돈을 더 받을 수 있지만, 실패하면 보증금으로 걸어둔 돈이 없어진다. 고작해야 만 원을 걸고 하는 미션이지만 의외로 승부욕을 자극한다. 누군가가 사진으로 내 미션을 확인하기 때문에 음식도 대충 깔지 않고 어느 정도 구색을 갖춰서 먹는다. 그런 행동들 덕에 나는 예전보다 식사를 더 잘 챙기게 되었다. 이게 얼마나 갈지는 모르겠다. 시들해지면 나는 또 나를 돌볼 다른 방법을 찾아야겠지. 중요한 것은 일보다 식사가 먼저임을 잊지 않는 감각이다. 틀린 거 하나 없다고 주장하는 어른들의 말이 생각난다.

"이게 다 먹고살자고 하는 짓인데."

다 쓸 데 있는 쉼

몇 년 전부터 우리나라에서는 '자아 찾기 대모험'이 유행했다. 새벽에 일어나 만원 지하철에서 타인의 숨소리를 코앞에서 들으며 출퇴근을 반복하고, 실상 자신과는 거의 아무 상관도 없는 물건을 팔기 위해 영혼까지 쥐어짜는 것에 지쳐서일까? 신대륙을 '발견'한 콜럼버스처럼 누군가가 자신의 자아를 물 건너 가난한 나라에서 찾았다고 간증하자, 자아를 잃어버린 이들이 우르르 적금을 헐어 비행기표를 구매했다. 퇴사 후 세계 여행, 사표 낸 부부의 노마드 인생, 도시마다 한 달 살기. 책이 우르르 쏟아졌고, 자아를 찾고는 싶지만 회사까지는 관둘 기운이 없는 이들이 책에서 위로를 찾았다. 어째서 그들이 찾는 자아는 늘 인도나 남미 같이 척박하고 가난한 나라에 있는 걸까? 누더기를 입은 소년의 해맑은 미소나 지친 노인의 주름이 담긴 사진이 자아 찾기 대모험의 상징처럼 여겨지는 것을 비추어봤을 때, 아마도 '가난'과 '자아'는 꽤 깊은 연관이 있는 것 같다. 어쩌면 그들은 내심 알고 있었는지도 모른다. 자신이 지친 건 자본주의 때문이라는 걸.

세계 여행 대열풍이 분 그즈음에는, 마침 나도 내 자아가 어디 있는지 도통 알 수 없었다. 나는 잃어버린 반려견을 찾는 심정으로 온갖 원데이 클래스를 섭렵하며 자아를 찾아 나섰으나, 그렇게 찾았는데도 없는 걸 보면 아마도 내 자아는 다른 이들의 자아처럼 해외 유학이라도 떠난 것 같았다. 그렇다면 나도 해외로 나가주지!

일상을 팽개치며 누군가를 찾아 낯선 곳으로 떠나는 스토리는 사실 로맨스 영화의 전형적 레퍼토리인데, 현대에서 우리가 가장 사랑하는 것이 나 자신인 점을 감안해봤을 때 나를 찾아 해외로 떠나는 스토리는 새로운 시대의 로맨스에 어울린다. 하여간 나도 적금을 헐어 남미로 떠났다. 남미가 우리나라에서 워낙 멀리 떨어져 있고, 물가도 결코 만만치 않았기에 내 지갑은 금세 다이어트를 한 듯 홀쭉해졌다. 자아는 아무리 애타게 불러도 나타나지 않았다. 슬픈 로맨스

영화 같으니라고! 어쩌면 남미가 아니라 인도에 가 있나? 정
상에 올라서야 머리를 긁적이며 '이 산이 아닌가봐'라고 중
얼거리는 나폴레옹처럼 '그렇다면 인도다!'라고 외칠 수도
있었지만, 더 이상 헐 적금이 없는 덕분에 나는 무사히 한국
에 돌아올 수 있었다. 그리고 아무 일이 없었던 것처럼 일상
으로 복귀했다. 모은 돈을 쓰며 여행하는 소비적 노마디즘은
결국 자본주의 시대의 새로운 놀이였던 거다.

그 여행에서 자아 대신 찾은 것

자아를 찾지 못했는데도 이상하게 내 일상은 전보다 좀 살
만해졌다. 아무래도 상관없다는 기분이 들었다. 이전에 나는
사람을 만날 때 지나치게 에너지를 많이 쓰는 나머지 얼굴
근육을 괴상하게 일그러뜨리며 웃곤 했는데, 누군가에게 잘
보이려는 마음을 내려놓고 나자 인형 같았던 그 표정은 잘
나타나지 않았다. 남미 여행을 했기에 그런 깨달음이 온 게
아니라, 그저 차분히 생각할 시간을 가질 수 있었기에 마음
이 편안해졌다. 나는 방탈출 카페에 들어와 한 시간 안에 열
쇠를 찾아야 하는 사람처럼 허겁지겁 답을 찾느라 바빴지만,

어쩌면 내 답은 편안히 쉬는 것이었는지도 모른다. 하긴 방탈출 카페에서도 한 시간 정도 누워 있으면 알아서 열어주지 않나? 그게 남미에서 쉬는 것이건, 인도에서 쉬는 것이건, 하다못해 내 방이나 방탈출 카페의 방에 누워 쉬는 것이건 별로 상관없었던 것 같다. 나는 정말이지 너무너무 지쳐 있었기에 내게 필요한 건 그저 '쉼'이었다.

'자아 찾기 대모험' 현상의 원인을 오로지 '사는 게 너무 지침'에서만 찾는 건 성급한 일반화의 오류이리라. 그럼에도 그게 하나의 중요한 원인이라는 점마저 인정하지 않을 순 없을 것 같다. 너무 커다란 문제가 벽처럼 눈앞에 떡 하니 놓여 있으면, 그 문제와 나 사이의 거리가 지나치게 가까운 나머지 문제의 진짜 원인을 들여다볼 여유도, 방법을 생각해낼 시간도 없다. 몇 발 떨어져 보면 그냥 벽 옆으로 돌아갈 수 있을 때도 많은데, 지쳐 있다는 건 그 벽과 나 사이가 한 뼘도 채 되지 않는 상태였다.

자아 찾기는 20대에만 중요한 게 아니다. 프리랜서로 살다 보면 내 자아를 챙겨줘야 하는 순간이 계속 들이닥친다. 그때마다 나는 '탈출'이 아닌 '쉼'이 중요하다는 것을 깨닫게 한 남미 여행을 떠올린다.

물론 막상 잘 쉬는 건 참 어려운 일이다. 단순히 주말에 정오까지 늦잠을 자고, 라면을 끓여서 허기를 때우고, 넷플릭스 드라마를 정주행하며 하루를 끝내면 자괴감이 든다. 내가 '귀한' 주말을 쓸데없는 일들로 허비해버린 것 같다. 분명히 내 것인 주말을 쓴 셈인데 정체를 알 수 없는 자책과 미안함이 몰려온다. 왜일까?

하다 하다 쉬는 것도 배워야 하나요?

2020년 여름, 나는 문화기획집단 옹골의 쉼크숍(쉼을 주제로 한 모임)에 연사로 초청받았는데 그곳에 온 사람들 대부분의 고민은 어떻게 쉬어야할지 모르겠다는 것이었다. 쉼에 대한 토크가 끝나고 한 참여자가 말했다.

> "제가 주말마다 취미 때문에 너무 바쁜 사람이었거든요? 그런데 그렇게 주말을 바쁘게 보내고 출근하면 몸만 피곤한 게 아니라 마음까지 같이 피곤해요. 근데 너무 오래 이렇게 살았더니 쉰다는 게 뭔지 모르겠어요."

아무것도 하지 않는 일 또한 분명히 '쉼'의 한 형태인데, 요즘 시대의 '쉼'은 앞으로 내달리는 모양을 하고 있다. 어쩐지 주말에도 나는 새벽같이 일어나 러닝 모임에 나가야 할 것 같고, 친구들을 만나 회포를 풀거나 저녁 와인 동호회 모임이라도 나가야만 할 것 같다. 이 '쉼'으로 내가 무언가 더 나은 사람이 되어야 할 것 같고, 인간관계가 더 나아져야 할 것 같고, 적어도 부모나 자식으로서의 도리라도 해야 할 것 같다. 주말이 노동자를 위한 시간이 아니라 평일 노동을 위한 '준비' 시간이나 노동을 좀 더 잘하기 위한 '자기 계발' 시간이 되어버리면, 우리는 노동을 제공하지 않는 시간에도 노동자인 것이나 다름없다. 아무것도 하지 않음이 쉼으로 인정되지 않는 배경에는 치열한 자본의 논리가 숨어 있는 것은 아닌지.

"프리랜서는 좀 더 잘 쉴 수 있지 않나요?"

쉼크숍에 온 다른 참가자가 물었다. 회사를 다니면 주말 이틀만 쉴 수 있지만, 프리랜서는 자신의 노동을 조율할 수 있으니 좀 더 많은 시간을 쉴 수 있는 것처럼 보인다. '프리'라는 단어 때문인지 프리랜서는 어쩐지 일도 적게 할 것만 같다. 보다 논리적으로는 일은 안 하지만 자리를 지켜야만 하는 상황은 없기 때문에, 일을 끝내면 본격적으로 쉴 시간이 많을 것 같다.

　그러나 반대로 프리랜서는 누구보다 자기 착취의 선봉에 설 좋은 조건에 있다. 조직에 있을 때 과업을 달성한다고 해서 자신의 가치가 바로 올라가는 건 아니지만(조직 내에서 인정을 받거나 승진을 할 수는 있지만), 프리랜서는 자신이 만든 결과물이 곧 자신일 때가 많다. 잘 그린 일러스트로 대중에게 인기를 얻으면, 사람들은 그 일러스트의 아이덴티티 자체를 일러스트레이터와 동일시한다. 그럴수록 프리랜서는 자신에게 더 가혹해진다. 회사에 다닐 때, 나는 일이 없어도 일을 더 찾아나서지 않고 상사의 눈치를 보며 일하는 척할 때도 있었다. 혹은 상사의 눈을 피해 동료들과 커피를 한 잔 마시러 가기도 했다. 그러나 프리랜서는 자신의 상사가 곧 자신이기에 자신을 속이며 '쉰다는 것'은 불가능하다. 진정한 휴식은 상사인 나의 허락이 있을 때만 가능하다. 프리랜서일수록 진짜 '쉼'과 나는 멀어진다.

　그래서인지 가혹한 업무 강도 때문에 병에 걸린 프리랜서를 나는 자주 봤다. 단행본 작업에 자신을 너무 갈아 넣은 나머지 손가락에 염증이 생긴 일러스트레이터도 봤고, 프로그램 개발에 매달리느라 몇 년을 제대로 잠도 자지 않고 일해서 간경화에 걸린 개발자도 봤다. 쉬지 않고 자신을 착취해서 남는 것은 병과, 치료비를 낸 후 텅 빈 지갑, 치료를 하는 동안 감내해야 할 고통이다. 프리랜서가 열심히 노력하기만 하면 자신만의 브랜드를 만들 수 있다는 예상은 어느 정도는 착각이지만, 쉬지 않는다고 해서 남들보다 앞서갈 것이라는 기대야말로 어마어마한 착각이다. 먼저 달려 나가는 사람일수록, 잘 쉰다.

쉼을 쉼으로 인정하는 자세

나는 종종 디스커버리 채널에 나오는 <고독한 생존가First Man Out>를 본다. 탐험가를 자청하는 생존 전문가 두 명이 사막이나 늪지, 바다 같은 극한 환경에서 목표 지점에 누가 더 빨리 도착하는지를 두고 경쟁하는 프로그램이다. 여기서 나는 에드라는 탐험가를 응원하는데, 그건 그가 남들보다 빨리 목적지에 도착하기 위해 무턱대고 밀고 나가지 않기 때문이다. 극한 환경은 말 그대로 정말 너무 '극한'이라서 그저 달린다고 능사가 아니다. 늪지 저편으로 가기 위해 발이 푹푹 빠지더라도 늪을 가로지르며 강한 체력으로 견디는 게 이기는 기술이 아니라, 좀 멀더라도 산으로 둘러 가는 게 방법일 때도 있다. 첫째 날 너무 많은 에너지를 소모했다면 둘째 날에는 시간을 좀 쓰더라도 불을 피우고 뜨거운 물을 끓여 몸을 데우며 휴식하는 게 이기는 방법일 수도 있다. 우리가 노동을 위한 부품으로 사용되어서도 안 되겠으나, 오랫동안 잘 일하기 위해서는 '잘 쉬는 것'이 필수적이다.

많은 이들의 오해와는 다르게 쉼에도 (자기 계발이 아닌!) 배움이 필요하다. 놀아본 사람이 놀 줄 알고, 쉬어본 사람이 쉴 줄 안다. 그건 사람마다 자신에게 만족스러운 '쉼'의 형태가 모두 다르기 때문이다. 누군가는 요가와 명상을 하면서 자신의 에너지를 채우기도 하고, 다른 누군가는 침대에 누워 천장을 바라보면서 휴식을 즐기기도 한다. 또 다른 누군가는 친구들과 맛있는 것을 먹을 때 진정 충만하다고 느끼기도 하고, 어쩌면 누군가는 반려동물과 있을 때 에너지가 차오를지도 모를 일이다. 다양한 형태의 휴식을 즐기고, 휴식을 하는 동안 자신의 감정 상태를 찬찬히 바라보는 경험이 있어야만 자신이 어떻게 쉬기를 원하는지, 어떻게 쉬어야 잘 쉬는 것인지 알 수 있다. 어쩌면 자기가 '쉼'이라고 착각했던 것이 자신의 에너지를 앗아가는 자기 착취의 또 다른 수단이었는지도 알아볼 수 있다.

잘 쉬기 위해서는 자신의 '쉼'을 있는 그대로 인정하는 자세도 필요하다. 과자 부스러기를 주워 먹으며 침대에서 뒹굴거릴 때 가장 행복하다면, 죄책감을 벗어던지고 마음껏 그 시간을 즐겨 보자. 넷플릭스 드라마를 머리가 아프도록 정주행하는 게 좋다면 누가 뭐라든 드라마를 보자. 무엇보다 '이 정도 일했는데 벌써 쉬어도 될까?'라는 마음은 이러나 저러나 도움이 되지 않는 것 같다. 그런 불안을 안고 쉬면 결국 안 그래도 짧은 휴식의 질이 떨어진다. 건강하지 않은 쉼 같다고? 무기력은 침대에서보다 운동장에서 더 극복하기 좋다고? 맞는 말이다. 그렇지만 자신이 경험하지 않으면 누구의 조언도 제대로 들리지 않는다. 자기의 쉼이 건강하지 않다고 느낀다면 우리는 결국 다른 형태의 쉼을 찾아 나설 것이다. 텔레비전을 너무 봐서 머리가 깨질 것 같다면, 너무 누워 있어서 허리가 아프다면 다른 방법을 찾아보겠지. 지금의 '쉼'이 건강한 쉼을 향한 과정일 수도 있다. 그렇다면 과정인 것을 받아들이면 된다. 과정이면 또 어떠랴.

스스로 들려주는 말 리스트

나는 이럴 때, 이런 말을 자신에게 들려준다.
이런 말을 해줄 수 있는 나는 나 자신의 가장 든든한
동료이자 선배이고, 다정한 언니이자 친구다.

1. 남들은 회사 잘 다니고 있는데 나는 무슨 대단한 일을 하겠다고 프리랜서로 고되게 살까 싶을 때

"나는 내 꿈대로 살았어. 그래서 바로 네가 느끼는 그런 사람이 됐지. 다른 사람들도 꿈대로 산다지만, 자기 자신의 꿈은 아니야. 그게 다른 점이야."
I live in my dreams. That's what you sense. Other people live in dreams, but not in their own. That's the difference."
헤르만 헤세, 『데미안』 중

2. 프리랜서로 일하는 게 너무 불안해서 구직 사이트를 다시 켜고 있는 나를 발견할 때

"일시적 안전을 위해 자유를 포기하면 자유는 물론이고 안전도 누릴 수 없다."
벤자민 프랭클린

3. 왜 내 일에는 명확한 직업 이름이 없을까 싶을 때

"나는 어떤 사람이 아니라 어떤 일을 하는 사람이 되기를 원해야만 한다는 걸 깨달았다."

김연수, 『지지 않는다는 말』 중

4. 실수해서 괴로울 때

"어쩌면 용기란 몰락할 수 있는 용기다. 어설픈 첫 줄을 쓰는 용기, 자신을 있는 그대로 드러내는 용기, 진실을 직면하는 용기, 남에게 보여주는 용기, 자신의 무지를 인정하는 용기, 다시 시작하는 용기"

은유, 『쓰기의 말들』 중

5. 실수해서 너무나 괴로울 때

"작은 승리 속에 큰 것의 패배가 숨어 있는 것과 마찬가지로 큰 승리의 약속이 없는 작은 패배는 없다."

황현산, 『밤이 선생이다』 중

6. 코로나19로 일이 없는 김에 쉬어가고 싶은데 놀면 죄책감이 들 때

"세상에는 너무나 일이 많으며 노동이 미덕이라는 믿음에 의해 엄청난 해악이 발생한다."

버트런드 러셀, 『게으름에 대한 찬양』 중

7. 일이 잘되는 시간이 오지 않아서 괴로울 때

"영감을 찾는 사람은 아마추어고, 우리는 그냥 일어나서 일을 하러 간다."

필립 로스, 『에브리맨』 중

8. 일하다가 페미니스트 혐오 발언을 들었을 때

"'더럽다'는 말은 죽일 수도 길들일 수도 없는 타자에 대한 미움과 두려움을 담고 있다. 그 말은 상대방의 존재를 부정하는 동시에, 그러한 부정이 굳이 필요했음을 인정함으로써 그의 주체성을 역설적으로 인정한다. 그래서 어떤 페미니스트들은 '더러운 년'이라는 욕을 들어도 전혀 위축되지 않으며, 오히려 이런 말을 듣는 것을 자랑으로 여기는 것이다."

김현경, 『사람, 장소, 환대』 중

Part3

혼자 일해도
미래가 있습니다

①

프리랜서의 지갑 관리ㅣ

"내가 카드로 300만 원이나 썼다고? 그럴 리가 없어!"

매번 카드 명세서를 받을 때마다 나는 가혹한 지주를 만나 쌀가마니를 통째로 넘겨야만 하는 소작농이 된 기분이 든다. 어째서 내게 이런 일이! 퀴블러 로스의 죽음의 5단계, 그 첫 번째인 '부정'의 단계를 밟는다. 내가 비싼 술집에 가기를 했나, 샤넬백을 사기를 했나, 하다못해 병원을 다니기라도 했나. 뭔가 잘못된 게 틀림없다! 사실을 부정하며 명세서를 차근히 짚어보면 이상하게도 그 소소한 지출들은 다 내가 한 게 맞다. 월요일에 아이스 카페라테를 4,500원 주고 사 먹었고, '고로

케'가 유명한 빵집에서 12,000원어치 빵을 산 게 맞고, 홍대 앞에서 '씽씽이'를 10분간 타느라고 1,500원을 쓴 게 맞다. 고개를 끄덕이며 핸드폰 뒷면에 꽂힌 카드를 내밀었던 순간들을 되짚어본다. 그래도 인정할 수 없다. 만 원, 2만 원 쓴 건 맞는데 이 돈이 다 모여서 300만 원이 된다고? 12,000원 더하기, 4,500원 더하기, 1,500원. 계산기에 친히 내가 쓴 돈을 다 입력해보면 놀랍게도 300만 원이 나오는 마법 같은 일이 벌어진다. 짜란!

저는 돈 관리에 소질 없는 프리랜서입니다만

어릴 때부터 나는 참 돈 관리에 소질이 없었다. 부지런히 용돈 기입장을 쓰던 언니와 달리 내 용돈 기입장은 『수학의 정석』 책처럼 앞부분만 까맣게 때가 탔다. 지갑에 돈이 있으면 얼른 간식을 사 먹었고 돈이 다 떨어지면 그냥 참았다. 계획 없이 돈을 쓰는 건 대학 때도 마찬가지였는데, 다행히 돈 버는 데는 거부감이 없어서 아르바이트를 참 많이도 했다. 돈을 어떻게 써야 하는지, 번 돈을 어떻게 관리해야 하는지 교육 한 번 제대로 받지 못한 채로 사회생활을 시작했다. 30년 동안 한자리에서 장사를 한 상인의 딸로 자랐는데도 어쩌면 이렇게 돈 문제에 눈이 어두웠는지. 처음 회사에서 월급을 받았을 때도, 그 돈을 어찌하지 못해 일단 통장에 넣어두었다.

'나중에 어떻게 쓸지 생각해야겠다.'

'나중'이 1년이 되고, 2년이 되고, 무려 5년하고도 8개월이 되는 동안 나는 별다른 결정을 내리지 못한 채로 그저 월급이 들어오면 쓰고, 남은 돈을 예금에 넣었다. 심지어 입사할 때 회사에서 계좌를 만들라고 지정한 거래 은행도 바꾸지 않았다. 그때 주식만 사두었더라도! 대출 끼고 오피스텔이라도 장만했더라면! 지금 나는 외주 업무를 할 시간에 한 시간의 낮잠을 더 누릴 수 있을지 모른다. <인터스텔라>의 한 장면처럼 과거의 나에게 소리를 지르고 싶다. 정신 차려! 네가 왜 일을 하는지 생각해봐!

그렇다고 지금에 와서 지갑 관리 좀 잘하게 되었느냐고? 인생의 교훈을 얻고 훌륭한 사람으로 변모한 미담을 들려줄 수 있다면 좋겠지만 삶은 늘 생각보다 더 지리멸렬하고 가혹하지 않은가. 나는 용돈 기입장의 앞부분만 까맣게 채우던 그때와 크게 달라진 게 없다. 여전히 부동산을 잘 모르고, 주식 투자의 바이블이라던 『현명한 투자자』의 앞 장만 읽고 있다. 그나마 달라진 게 있다면 '돈이란 무엇인가'를 생각하게 되었다는 것과, '돈이란 얼마나 중요한가'를 느끼게 되었다는 것뿐이다.

그러니까 프리랜서에게는 얼마가 필요한가

프리랜서로 막 발걸음을 내디딘 후에야 나는 비로소 내 지갑 안의 돈을 셈해보았다. 왼쪽, 오른쪽 주머니를 탈탈 털어 얼마가 있는지 세어보았고, 앞으로 내게 얼마나 필요한지 가늠해보았다. 목돈은 얼마나 쥐고 있어야 하며, 가용 금액은 얼마가 있어야 하는지, 한 달에 필요한 돈은 얼마고, 비상시에 필요한 금액은 또 얼마나 되는지. 돈이란 무엇인가, 돈이 얼마나 필요한가에 대해 제대로 생각해본 건 솔직히 말해 그때가 처음이었다. 부끄럽지만, 안정적인 월급을 하늘에서 영원히 내리는 만나 정도로 생각했다. 프리랜서에게는 아무도 월급을 주지 않는다. 누구도 내 자리를 믿고 대출을 해주거나, 건강보험료나 연금보험료를 내주지 않는다.

아무도 나의 지갑에 관심이 없으니 나야말로 내 지갑을 더 챙겨야 하건만, 내 주변의 프리랜서들은 회사원보다 더 돈 관리에 관심이 없다. 부동산이나 주식의 세계에 관심 없는 정도가 아니라, 아예 내가 한 달에 얼마를 쓰고 일 년에 얼마나 자산을 늘리는지 잘 모르는 프리랜서가 봄날에 흩날리는 민들레 꽃씨처럼 많다. 특히 글쓰기나 사진, 음악이나 일러스트 등 창작하는 분야의 프리랜서들 중에는 문자 그대로 '그 날 벌어 그 날 먹고사는' 이들이 얼마나 많은지. 그런 사람들이 모이는 세계이다 보니 또 기준이 서로가 되어버려서, 돈에 대해 심각하게 생각하지 않고 지내는 게 당연하게 느껴지기도 한다.

그러나 돈은 얼마나 든든한 수호천사이며, 내가 원하는 대로 살게 해주는 메디치가인가. 프리랜서야말로 그 어떤 노동의 형태보다 더 돈 관리가 필요한 이들이다. 코로나 사태 같은 일이 터지면 투자비로 생각했던 돈을 생활비로 써야 할 수도 있다. 급여명세서를 받는 게 아니니 연봉을 제대로 파악하기 힘들고, 통장의 숫자가 불규칙하게 오르락내리락하니 자신이 번 돈 중에 얼마를 생활비로 쓸지, 저축이나 투자를 할지 가늠하기 어렵다.

프리랜서 수입이 불규칙한 이유는 클라이언트의 대금 지급 시기가 일정하지 않거나, 프로젝트가 끝나야만 돈이 들어오는 경우도 많기 때문이다. 1월부터 3월까지 3개월 동안 일했다면 대금은 4월이나 5월이 되어서야 들어온다. 때로는 연말에 예산을 다 털어야 하는 클라이언트의 사정 때문에 11월부터 4월까지 하는 프로젝트의 대금이 프로젝트 진행 중인 12월에 들어오기도 한다. 업체에 따라 중간 정산을 하는 곳도 있고, 선금을 지급하는 곳도 있지만 아닌 곳도 많다. 어이없지만 돈을 떼먹는 클라이언트가 아니라는 보장도 없다. 때로는 내가 일을 하면서 다른 사람을 고용해야 하는 경우도 생기고, 이럴 때는 내가 일을 맡긴 사람에게 먼저 내 돈을 주었다가 나중에 클라이언트에게 한 번에 받기도 한다.

이렇게 통장 속 숫자가 오르락내리락할 때의 또 다른 부작용은 멘탈 관리가 쉽지 않다는 거다. 선금을 받아 지갑이 두둑할 때는 아직 일할 기간이 많이 남았는데도 괜히 마음이 넉넉해져서 함부로 돈을 쓰기도 하고, 아직 받을 돈이 하나도 들어오지 않아 근근이 살아야 할 때는 프리랜서라는 것 자체에 대한 회의가 몰려온다. 여유 자금을 넉넉하게 확보하지 않은 프리랜서는 더 쉽게 흔들린다. 자신과 맞지 않는 일을 급하게 수락해버리기도 하고, 평소보다 낮은 단가가 쓰인 계약서에 허겁지겁 서명하게 될 수도 있다.

나의 세계 속에서 나만의 기준을 잡는다는 것

그래서 프리랜서에게 자체적인 돈의 기준을 잡아보라고 제안하고 싶다. 돈에 대한 질문을 스스로 던지고 자신만의 답을 내리도록. 나는 지금 얼마를 가지고 있는가? 나는 한 달에 얼마를 써야 만족하는가? 내가 지금 한 달에 쓰고 있는 돈은 얼마인가? 나의 미래를 위해 나는 5년 후 혹은 20년 후에 얼마를 가지고 있기를 원하는가?

물론 얼마를 가지고 있고 얼마를 써야 하고 또 얼마나 벌어야 하는지의 기준은 개인마다 다를 것 같다. 회사를 그만둔 지 5년째에, 가깝게 지냈던 회사 동기를 간만에 만났다. 입사 당시에 그는 남들보다 금방 돈을 모았고 관리도 잘했다. 몇 년 전 결혼해서 낳은 아이는 얼마 전 돌을 넘겼고, 그와 아내 모두 대기업에 다니며 7천만 원이 넘는 연봉을 받고 있었다. 결혼한 지 얼마 되지 않아 샀던 아파트의 가격이 몇 억 원 올랐다는 소식도 들었다. 남부럽지 않은 삶을 살고 있는 것처럼 보였는데, 그는 최근 공황장애 때문에 얼마간 휴직을 했단다. 심장이 멎을 것 같은 두려움에 하루에 응급실을 두 번이나 갔던 이야기를 들었다.

"공황장애는 왜 오는 거야?"

"이유가 다 다른데 나 같은 경우에는 불안해서 그랬던 것 같아."

"뭐가 그렇게 불안했어?"

"삶이 안정적이지 않은 것 같더라고."

"너처럼 안정적인 삶을 사는 사람이 또 어디에 있다고! 회사도 안정적이지, 결혼도 했고 아이도 낳았지, 가족 중에 아픈 사람도 없지, 얼마 전엔 아파트값도 올랐다며?"

"그 아파트값은 오른 게 아니야."

"안 올랐어?"

그의 말에 따르면 그가 4억 원에 산 아파트는 6억 원이 되었지만, 그와 같은 부서에 있는 사람들도 모두 부동산으로 그 정도 돈은 벌었기 때문에 사실상 2억 원 정도는 물가 상승처럼 취급해야 한다고 했다. 한국 사람 모두가, 혹은 그가 비슷한 부류라고 생각하는 사람 모두가 똑같은 돈을 벌었다면 자신은 실상 한 푼도 벌지 못한 것과 다름없다는 뜻이었다. 그의 논리에는 공감할 수 없었지만, 그런 삶을 살고 있는데도 안정적이지 못하다고 느끼는 게 안타깝기도 했다. 그의 세계는 얼마나 빡빡했던 걸까? 공황장애에 걸릴 정도로 삶을 불안하게 느끼는 상태에서, 그 자산이 자신에게는 무슨 의미가 있었을까?

세계에는 다양한 사람이 있지만 그 다양성이 모두 한데 모여 있는 것은 아닌지라 우리는 주변을 기준 삼아 자신의 세계를 가늠한다. 거의 모두가 핸드폰을 가진 나라에서 살기에 전 세계인 모두가 그럴 것이라 생각하고, 굶어 죽는 사람이 많지 않은 나라에서 살기에 기아 문제는 이미 해결된 것처럼 여긴다. 대부분의 여자가 화장을 하는 세계에서는 맨얼굴의 여자가 낯설게 보이고, 장애인의 외부 활동이 자유롭지 않은 나라에 사는지라 실제보다 장애인 비율을 훨씬 낮게 짐작한다. 그러므로 그의 세계에서는 그가 남들보다 특별히 안정적이지 않았을지도 모른다. '한국에서 사는 30대 청년'의 기준으로는 말도 안 되게 안정적이지만.

그를 보며 나는 돈 관리라는 게 남이 전부 해줄 수 있는 분야는 아니라는 생각이 들었다. 돈을 더 잘 벌거나 잘 관리하거나 혹은 잘 불릴 수 있는 방법이야 분명히 있겠지만(제발 누가 가르쳐주세요), 얼마를 가지고 있어야 하느냐 혹은 얼마를 쓰며 살아야 하느냐 따위의 기준은 스스로 잡아야 한다. 누군가는 5,000만 원만 있어도 든든하다고 느끼는 반면, 누군가에겐 50억 원도 부족할 수 있다. 어떤 기준이든, 그게 자신을 둘러싼 세계의 영향을 받아 만들어진 기준이라는 점을 인식하고, 스스로 논리적으로 따져봐서 내린 적절한 결론이라면 좋을 것 같다.

프리랜서의 지갑 관리 ||

나는 재무설계사도 아니고 주식과 부동산 투자에 눈이 뜨인 투자 천재도 아니다. 자산 증식과는 상관없이, 프리랜서 여러분이 자신만의 기준을 잡는 데 도움을 주기 위한, 나만의 돈 관리법을 공개한다.

몇 가지 원칙을 세우자

일단 내가 한 달에 200만 원씩 쓰고 있다면 적어도 반년 정도의 생활비인 1,200만 원은 여유 자금으로 가지고 있는 게 좋다. 그래야 일이 들어오지 않을 때도 정신을 똑바로 붙들 수 있기 때문이다. 내가 지금 얼마를 가지고 있고 그중에 얼마가 쉽게 빼 쓸 수 없는 상태인지 아는 것도 중요하다. 이런 돈은 대개 주택 보증금이다. 집이 곧 일터이기도 한 프리랜서에게 주거 안정성은 어쩌면 회사원보다 더 신경 써야 할 점이다. 집을 잃거나, 집세를 못 낼 위기에 처하는 것은 다른 가족이나 친지에게 신세를 져야 한다는 곤란에서 끝나지 않고 업무 공간을 잃어버리는 위기로까지 이어지기 때문이다.

　나는 지갑을 세 부분으로 나눠서 쓴다. 집의 전세 보증금으로 가장 큰 금액의 목돈을 마련해 놓고, 당장 쓸 일은 없지만 비상시에 쓸 수 있는 목돈을 따로 준비한다. 오랫동안 일이 들어오지 않거나 나 혹은 내가 사랑하는 사람에게 긴급한 일이 생겼을 때 쓸 수 있는 돈이다. 마지막은 그때그때 들어오고 나가는 생활비다. 이렇게 지갑을 나눈다고 내 삶이 더 안정되는 건 아닐지언정, 적어도 내 삶이 경제적으로 안정되어 있다는 감각을 가질 수 있게 된다.

나에게 급여명세서를 발급하기

자신만을 위한 급여명세서를 만드는 것도 지갑 관리를 투명하게 할 수 있는 방법 중 하나다. 프로젝트의 진척도에 따라 한 달에 버는 돈을 산정하고, (그 돈이 실제로 들어오지 않았더라도) 이달의 노동으로 얼마를 벌 수 있는지 가상으로 계산해서 급여명세서를 만든다. 1,000만 원을 벌 수 있는 프로젝트를 5개월 동안 맡았다면 나는 한 달에 200만 원씩 번다고 계산한 후 5개월치 급여명세서에 나눠 기재한다. 한 건 한 건 청탁이 많은 글 노동의 특성 상 10만~20만 원의 원고료가 들어올 때도 잦은데, 이런 금액을 기재할 항목을 급여명세서에 따로 넣어 정리하지 않으면 연말에 내가 청탁 건으로 얼마를 벌었는지 계산하기 힘들다.

즉, 급여명세서를 만들면 연말에 내가 한 해 동안 어떤 일로 얼마를 벌었는지 파악하기 좋다. 그럼 내가 하고 싶은 일로 돈을 벌었는지, 혹은 하고 싶지는 않았지만 돈이 되는 일로 생활을 유지했는지도 알게 되고 앞으로 어떤 일에 더 초점을 두어야 할지도 볼 수 있다. 여윳돈이 얼마인지 파악하면 재테크하기도 용이하지 않을까.

세금 관리까지 철저하게

잘 벌었다면 끝인가? 지갑에 돈을 넣고 입을 닦고 싶지만 우리에게는 납세의 의무가 있다. 프리랜서는 쉽게 체납자가 된다. 프리랜서가 의무를 모르거나 부정하기 때문에 그런 건 아니다. 다들 어쩌다 보니 프리랜서가 되었고, 회사 다닐 때와는 다르게 세금을 제한 돈만 내 통장에 꽂히지 않기 때문이다. 얼렁뚱땅 있다가는 5년 후에 지금까지 안 낸 세금에 이자까지 얹어서 내야 할 위기에 처하거나, 어렵게 지원 사업에 뽑히거나 입찰을 받아놓고도 '자격 미달'로 그 기회를 날릴 수 있다.

먼저, 프리랜서는 5월에 종합소득세 신고를 해야 한다. 일 년 동안 내가 얼마나 벌었는지, 또 얼마나 썼는지 정부에 알리는 작업이다. 조금 벌었는데 많이 썼으면 돈을 좀 돌려받고, 많이 벌었는데 안 썼으면 세금을 좀 더 내야 할 수도 있다. 그러니 당연히 쓴 돈을 악착같이 증명해서 돈을 돌려받아야 한다. 의외로 증명하는 걸 어려워하는 프리랜서가 있다. 단순하게 생각하면 된다. 내가 일하기 위해 필요한 게 뭐가 있지? 공유 오피스에서 일했다면 그 비용 영수증을 모으고 작업실 월세를 냈다면 집주인에게 세금계산서를 요청하면 된다. 집에서 일하는 프리랜서는 일부 집세도 지출로 인정해 준다. 일하는 공간 외에도 필요한 건 많다. 미팅할 때 커피값을 냈을 수도 있고, 클라이언트에게 잘 보이기 위해 결혼식에 참석해 부조금을 냈을 수도 있다. 모두 증명할 수 있는 영수증을 모아두자. 경조사비는 초대장이 곧 영수증이 된다. 모델이나 배우 같은 직종은 피부 미용을 받거나 헤어 관리를 받는 것도 업무를 위한 활동으로 인정된다. 운동선수나 트레이너들은 운동기구를 산 내역도 지출로 증명할 수 있다.

　사업자가 없는 프리랜서라면 종합소득세만 신고하면 되지만, 사업자를 가진 프리랜서라면 일 년에 두 번 부가세 신고도 해야 한다(간이과세자는 일 년에 한 번만 함). 1월과 7월이다. 프리랜서는 누군가에게 작업물을 납품하면 그 대가로 작업비 외에 10%를 더 받아서 부가세 명목으로 납세해야 한다. 예를 들어 90만 원을 받고 사진을 찍어줬다면 99만 원을 먼저 받은 후에 나중에 9만 원을 정부에 내면 된다. 간이과세자이고 매출이 2,400만 원 이하면 부가세를 아예 내지 않아도 된다. 사실 아예 안 내는 건 아니고 예외가 있긴 하다. 으아, 복잡하다!

　이 모든 과정이 복잡하고 귀찮은 프리랜서는 그래서, 세무사를 찾아간다. 세무 비용은 천차만별이지만 요즘은 애플

리케이션도 잘 만들어져 있고, 프리랜서만 전담으로 하는 세무사도 있어서 그렇게 부담이 되는 수준은 아니다. 세무사와 함께해 절세를 하는 것이, 혼자 세무 처리를 하는 것보다 나을 수 있다.

돈 이야기를 일상적으로!

프리랜서도 돈 관리에서는 자유롭지 않다. 프리랜서가 자유롭게 일한다고 해서, 자본의 논리에서까지 자유로운 건 아니지 않은가. 내가 안정적인 회사 대신 평일 낮 카페에서 자판을 두드릴 수 있는 프리랜서를 선택했다고 해서 경제적 안정도 포기하고 살 거라고 오해하는 사람도 있다. 그건 아니다. 내가 꾸준히 돈을 붓고 있는 보험의 종류만 해도 6개다. 나는 여전히 청약저축과 연금저축을 넣는다. 동네를 산책하며 부동산 가격이 얼마나 올랐는지 기웃거리고, 코로나 사태로 어떤 주식이 얼마나 오를지 점도 쳐본다.

내가 얼마나 벌었는지, 얼마를 더 벌고 싶은지, 내년엔 얼마나 더 벌 계획인지 끊임없이 이야기하는 일이 부끄럽지 않았으면 한다. 좋아하는 일을 한다고 해서 돈을 안 벌어도 되는 건 아니지 않나. 예술을 한다고 해서 돈을 외면해야 하는 건 아니지 않나. 내가 클라이언트라면 말끝마다 '돈돈'거리는 프리랜서에게 일을 맡기고 싶다. 그건 내가 자신의 지갑을 위해 일하는 사람을, 자신의 예술성을 위해 일하는 사람만큼이나 믿기 때문이다. 프리랜서여, 우리 좀 돈돈거리자.

⚡⚡⚡ 초롱's TIP ⚡⚡⚡
나만의 급여명세서 작성법

1. 진짜 급여명세서처럼 디자인할 것

급여명세서는 무릇 급여명세서 같이 생겨야 기분이 좋은 법!
**혼자 본다고 대충 하지 말고 진짜 급여명세서를 본떠 그럴듯하게
디자인하자.**

2. 자신의 일의 범위를 반영해 상세 항목을 정하자

나는 급여 카테고리를 내부 프로젝트와 외주 프로젝트로 나눈다.
내부 프로젝트에는 내가 직접 만든 출판물에서 나온 수익 혹은
딴짓에서 기획한 강연의 수익을 적는다. 외주 프로젝트에는 인세,
강연료, 출판 대행 등의 카테고리가 있다. **상세 카테고리를 작성하면
연말에 어떤 항목에서 얼마를 벌었는지 한눈에 볼 수 있게 정리할 수
있다. 돈이 들어오는** 흐름을 파악하면 내년에 어떤 일에 집중해야
하는지 생각해보기도 좋다.

3. 돈이 들어오는 시점이 아닌
   노동을 하는 시점을 기준으로 잡자

프리랜서의 급여는 프로젝트가 끝난 후 들어오는 경우가 많기 때문에
돈이 들어오는 시기와 투입한 노동 대비 급여를 가늠하기 어렵다.
예를 들면 **중장기 프로젝트의 대가는 한꺼번에 들어오기 때문에
매달 한 노동의 대가를 정확하게 측정하기 어렵다.** 그래서 나는
**중장기 프로젝트의 총 급여를 기간(월)으로 분할해 급여명세서상
'고정 급여' 항목에 기재한다.** 예를 들면 1,000만 원짜리 프로젝트를
5개월간 진행한다면 매달 내가 버는 돈은 200만 원인 셈이다.

4. 세무 처리를 위해 어떤 방식으로
   돈을 받았는지 적어두자

종합소득세와 부가가치세 신고 등을 하려면 **세금계산서를 발행했는지,
사업자 기타소득으로 처리했는지 등의 내용을 챙겨야 한다.**
급여명세서에 적어두면 추후에 세금 신고할 때 **예전의 기록들을
다시 뒤지지 않아도 된다.**

5. 해촉증명서를 잘 챙겨두자

프로젝트가 끝난 후에 클라이언트가 더 이상 나와 일하지 않는다는
**해촉증명서는 그때그때 받아둬야 일 년이 지난 후에 머쓱하게 다시
연락하지 않아도 된다.** 해촉증명서가 없으면 계속 그 일을 하는 것으로
간주되어 **건강보험료 등이 높게 책정된다. 급여명세서에도
해촉증명서를 받아야 하는 프로젝트를 표시해두고 체크하면 편하다.**

* 급여명세서 작성 사례

	대분류	소분류	입금처	내용	프로젝트 시작 일자
1	외주	강연료	이음출판사	프리랜서를 위한 강연	2020.10.10.
2	내부	원고료			
3	외주	자문비			
4	외주	강연료			
5	외주	원고료			
6	외주	팟캐스트 출연료			

·
·
·

프로젝트 종료 일자	입금 일자	입금 계좌	금액	세금 신고 방식
2020.10.18.	2020.10.21.	신한 111-11111-11111	300,000	기타소득세

·
·
·

나와, 내 저작권을
지키는 계약하기

계약서. 그래, 이번에는 계약서의 중요성에 대해 이야기하도록 하자.

계약서를 잘 쓰라는 이야기를 하자면 부동산 이중계약의 피해자로 십오 년 간 모은 돈을 홀딱 빼앗긴 우리 사촌 오빠를 불러와야 할지도 모른다. 아니다. 생각해보니 사촌 오빠를 부르면 얼굴의 생김새가 성기 같다는 그 사기꾼에 대한 욕을 두어 시간 들어야 하니 효율적인 강의가 되지는 않을 것 같다. 그럼 시간을 좀 더 거슬러 올라가서 젊은 시절 큰 기업에 취업했다는 사실에 취해 계약서 내용도 안 보고 덜컥 사인을 했다는 삼촌 이야기를 되새겨보자. 근무 중 상해에 대한 조항이 그다지 튼실하지 않았던 계약서 탓에, 삼촌은 다쳐서 삼 년을 누워 있어야 했는데도 제대로 된 보상을 받지 못했다. 기억은 사라지지만 허리 통증은 사라지지 않는지라, 아직도 비가 올 때면 삼촌은 IMF로 옛날에 망해버린 그 회사 욕을 한다.

생각해보니 굳이 과거로 돌아갈 필요도 없다. 아동문학계의 노벨상이라고 일컫는 '아스트리드 린드그렌상'을 수상한 백희나 작가는 세계적인 베스트셀러 동화책 『구름빵』을 출간했지만 출판사와 처음 한 계약 때문에 뮤지컬이나 애니메이션 같은 2차 저작물에 대한 권리를 충분히 인정받지 못했다. 세상에! 계약서의 중요성을 더 알고 싶다면 친구들의 모임에 가서 '계약서'라는 화두를 던져보자. 우리 사촌 오빠가 그랬고 삼촌이 그랬듯 좋은 말로 끝나는 경우는 별로 없을 것이다. 이 이야기의 교훈은? 말해 뭐해. 프리랜서가 되었다면, 계약서를 잘 쓰자는 거지!

님아, 도장 찍는다고 신난 그 손을 멈추오

프리랜서로서 내가 처음 썼던 계약서는 서울문화재단에서

인터뷰 원고를 작성하는 외주 업무에 대한 것이었다. 나는 회사에서 하던 일을 그대로 가지고 나온 케이스는 아니라서, 이를테면 이 업계의 '꼬꼬마'였다. 서울문화재단은 프리랜서의 노동 권리를 잘 지켜주는 곳인지라(보고 계신가요, 담당자님?) 꼬꼬마인 내게도 적당한 대가를 약속했고, 나는 너무 설레고 신난 나머지 담당자가 가져온 계약서를 제대로 보지도 않고 도장을 쾅쾅 찍었다.

> "작가님, 여기 확인하시고 도장은 여기에."
> "쾅!"
> "아, 작가님께서 보관하실 계약서는 여기."
> "쾅! 쾅!"
> "빠르시네요. 이게 간인도 해야 하는지라."
> "쾅! 쾅! 쾅!"

좋은 클라이언트였으니 망정이지! 그때는 어쩐지 계약서를 꼼꼼히 살피고 세밀하게 읽어보면 클라이언트에게 예의가 아닌 것 같았다. 아니, 이런 생각은 어디서 나오는 건지 모르겠다. 당연히 일을 하려면 계약서를 읽어봐야 하는데 어쩐지 담당자를 앞에 두고 교정교열하듯 계약서를 살피면 내가 당신을 의심하는 것처럼 보일 듯했다. 만약 내가 클라이언트라면 계약서를 읽지도 않고 도장 쾅쾅 찍는 프리랜서는 어쩐지 전문적이지 않아 보였겠지만. 그러나 다행히 그 계약서는 별문제가 없었고 프로젝트가 끝난 후에도 분쟁은 일어나지 않았다.

처음으로 프리랜서로 일하게 되었을 때 흥분해서 나처럼 계약서에 도장 쾅쾅 찍거나, '아는 사인데 뭘 이런 걸'이라며 대충 넘기는 사람도 있겠지만, 모두의 평화를 위해서 계약서는 꼭 써야 한다. 세계 평화가 멀리 있는 게 아니다. 프리랜서와 클라이언트 간의 평화는 계약서에 있다. 일을 하다 보면 어디까지가 '내 일'인가에 대해 고민하게 될 수도 있고, 작업물을 제때 넘기지 않아 클라이언트에게 피해를 줄 수도 있고, 가장 중요하게는 '그래서 얼마 받느냐'도 명확히 해야 하기 때문이다.

계약서에서 이것만은 확인하자

만약 당신이 나무 깎기 장인이고 테이블을 하나 만들어주기로 계약했다고 하자. 그런데 계약서 없이 대충 '주방에서 쓸 만한 테이블 하나 만들어줘'라고 요청을 했다면? 테이블의

가로, 세로 사이즈가 어떻게 되는지, 어떤 나무를 쓰는지, 언제까지 만들어줘야 하는지, 다 만들면 돈은 언제 주는지, 선금은 주는 건지, 만들면 어디로 배송해줘야 하는지 하나씩 계속 협의해야 한다. 무엇보다! 만들었더니 클라이언트가 마음에 안 든다며 안 사도 할 말이 없다.

그러니 계약서에는 꼭 '언제까지' 만들어줘야 하는지, '무엇을' 만들어줘야 하는지, '어떻게' 그리고 '누구'와 만드는 건지 명시해야 한다. 돈이 '언제까지 입금'되어야 하는지와 그때까지 입금이 되지 않는다면 어떤 조치를 취할 건지도 꼭 들어 있어야 한다. 계약서에는 보통 복잡하고 어려운 말이 많아서 무슨 이야기인지 헷갈릴 수도 있는데, 자세히 읽어보면 어느 정도는 이해가 되고 안 된다면 계약할 때 물어봐도 된다. 일반인이 읽었을 때 이해가 되지 않는 계약서라면 나중에도 분쟁의 여지가 있기 때문이다. 여기까지는 상식적인 이야기고, 계약서를 들춰야 할 일은 보통 이럴 때 생긴다.

"왜 나한테 이런 일까지 시키지? 내가 여기까지 해주기로 했었나?"
"입금일이 지났는데 왜 아직 돈이 안 들어오지?"
"대박, 프로젝트가 엎어졌잖아? 일 다 했는데!"

무엇보다 업무 범위는 구체적으로!

업무 범위를 쓸 때는 그래서 아주 구체적으로 쓰는 게 좋다. '전반의', '일체의', '수반하는', '기타의' 같은 말들이 프리랜서의 발목을 잡는다. 그러나 사실 한 클라이언트와 오래, 여러 번 일하다 보면 계약서에만 기반해서 일을 하게 되지는 않는다. 서로 상황을 이해하며 마감 기한을 조금 늦춰주기도 하고, 비용을 조정하기도 하며, 그간의 의리를 봐서 좀 더 해주는 경우도 잦다. 서로의 역할, 업무 범위가 그렇게 무 자르듯 명확하게 정리되지도 않고, 꼭 그렇게 칼같이 하는 것만이 능사인지도 잘 모르겠다.

그럼에도 불구하고 계약서를 쓰는 건 서로 지켜야 할 예의를 명시하는 방법이다. (행여 금방 할 수 있는 것이라고 하더라도) 사전에 조율하지 않은 추가 업무를 시키는 건 분명 양해와 부탁이 수반되어야 하는 일이다. 그러나 돈을 주는 사람이 아직 주머니에서 돈을 꺼내지 않은 이상 프리랜서는 늘 약자가 될 수밖에. 만약 계약서를 사전에 작성했다면 추가 업무를 해준다고 하더라도 상대를 눈치 보게 하거나 고마워하게 만들 수 있다. (안 그럴 것 같은 클라이언트라면, 님아 제발 그 일을 맡지 마오!) 일을 하면, 부탁을 들어주면, 티를 내야만 그 몫을 챙기게 된다.

계약서를 쓸 때 알아야 할 점을 다 말하자면 너무 길다. 프리랜서 계약서가 실질적으로 효력을 대단히 많이 가진 것도 아니기 때문에 (모든 계약서에 공증을 받을 수는 없으니) 계약서를 잘 썼다고 해서 안심할 수만도 없다. 팁을 준다면, 웬만한 질문은 한국저작권위원회의 '유형별 자동상담'을 통해 알아볼 수 있고, 작은 규모의 사기를 당했다면 서울시의 '눈물그만상담센터'을 통해 해결할 수 있다. 프리랜서 매거진『프리낫프리』2호에 '프리랜서를 위한 계약서 가이드'가 있으니 참고해도 좋다. 그럼에도 '이것만은!'이라며 눈물을 섞어 말하고 싶은 게 있다면 바로 '저작권'이다.

안일하게 있다간 큰일 나는 저작권 문제

클라이언트에게 창작물을 넘겨야 하는 프리랜서라면 계약서의 저작권 조항도 잘 살펴봐야 한다. 나의 창작물을 활용할 수 있는 범위에 대한 내용이 적혀 있기 때문이다. 어느 회사랑 계약을 맺고 귀여운 펭귄 캐릭터를 하나 그려줬는데 몇 년 후에 팬시점에서 그 캐릭터로 만들어진 온갖 문구 세트를 보게 된다면 기분이 어떨 것 같은가? 내 장편 만화의 설정이 텔레비전 예능 프로그램에 그대로 응용된 것을 본다면? 둘 다 실제로 있었던 일이다.

내가 넘기는 창작물의 저작권을 어디까지 허용할지, 만약 2차 콘텐츠를 만들게 된다면 수익 배분은 어떻게 할지, 이 계약의 만료는 몇 년으로 하며 그 이후에는 저작권이 누구에게 귀속되는지 확인해야 한다. 저작권 조항을 잘 살피기 위해서는 계약서를 쓰기 전에 미리 받아보는 게 좋다. 도장을 찍기 전에 자세히 살펴보고, 모르는 부분이 있으면 전문가를 통해 상담받을 수 있기 때문이다.

내 저작권을 잘 보호하는 만큼 다른 사람의 저작권을 잘 지켜주는 것도 중요하다. 자신의 창작물이 어떻게 쓰이는지만 신경 쓰지 말고, 내 창작물에 쓰일 재료들의 저작권에 대해서도 적절한 사용 허가를 받아야 한다는 뜻이다. 나와 친한 한 작가는 일본의 유명 만화를 소재로 에세이를 쓰기로 출판사와 계약을 맺었는데, 그가 원고를 완성해 넘긴 후에도 출판사는 만화가에게 저작권 허가를 받지 못했다. 결국 그의 원고는 공중분해되었다. 그에게 남은 건 100만 원이라는 선금뿐! 그가 울며 자신의 원고를 개인 SNS를 통해 내보내는 걸 보며 나는 성실히 하트를 눌러주었다. 그도 글을 쓸 때는 자기가 원고료를 하트로 받을 거라고는 생각도 못 했겠지.

　"에이, 유명한 만화니까 그렇겠지. 내가 사진 하나 블로그
　에 올린다고 무슨 일 나겠어?"

그런 안일한 생각으로 있으면 진짜로 '무슨 일'이 난다. 내가
출판사의 프리랜서 마케터로 책을 홍보할 때였다. 나는 책의
내용을 간추려서 출간 전에 블로그에 연재를 하거나 페이스
북에 주요 문구들을 올리곤 했다. 그런데 어느 날 법무사로
부터 연락이 왔다.

　"지금 운영하시는 블로그에 저희 고객 사진이 허가 없이 쓰
　여서 연락드립니다."
　"네? 그럴 리가 없는데요!"
　"내용증명 보세요."

내가 쓴 사진은 오래된 중국 책을 찍은 사진이었다. 저작권
이 있을 거라고는 상상도 하지 못했다. 게다가 사진을 가져
온 출처가 주민센터 홈페이지였기에 누가 주인인지도 모르
는 상태였다.

"저 무슨 무슨 주민센터 홈페이지에서 가져온 사진인데, 저작권이 누구한테 있었나요?"

"주민센터도 지금 저작권을 위반하셔서 같은 내용증명을 받았어요."

"그럼 전 어떻게 하죠?"

"소송 가시거나 사진을 구매하셔야 합니다."

"사진이 얼만데요?"

"50만 원입니다."

결국 나는 울며 50만 원을 냈다. 부디 그 50만 원의 많은 부분이 원작자에게 갔기를 바랄 따름이다.

내 저작권이 소중하면 남의 저작권도 소중한 법

나중에 들었지만, 저작권만 전문으로 담당하는 법무법인들이 있다고 한다. 이들은 원작자가 굳이 요청하지 않아도 알아서 저작권 위반 사례를 수집하고 원작자에게 연락해 수납을 대행한다. 그러니 프리랜서여, 부디 저작권을 잘 지키자.

쓸 수 있는 사진인지 확인하기, 유튜브에 음원 올릴 때는 원작자의 허가를 받기, 팟캐스트에서 누군가의 책을 읽어줄 때는 본문 일부만 리뷰와 함께 활용하기 등 저작권에 대한 일반 상식은 다들 갖추고 있을 것 같다. 내 자식 귀한 줄 알면, 남의 자식 귀한 줄도 알아야 한다. 내가 남의 자식 머리를 쥐어박았는지, 나도 모르게 밀었는지 조심조심 살피며 걸어야겠다.

흘려 듣다 발목 잡히는 갑의 언어

1. 계약서에 이런 말이 있다면 다시 확인할 것

① '전반의', '일체의', '수반하는', '기타의'

보통 업무 범위를 정할 때 이런 수식어가 많이 따라붙는다. 업무 범위가
구체적으로 써 있지 않다는 건 향후 "이것도 내가 해?", "저것도 내가 해?"
라는 말을 끊임없이 내뱉게 될 것을 예고하는 복선이나 다름없다!
'전반의', '일체의' 따위의 모호한 단어를 주의하자.

② '문제가 생기면'

'천재지변 등의 이유로' 혹은 '자연재해 등의 이유로' 혹은 '문제가
생기면' 따위의 말로 시작해 '을이 ~한다'로 끝나는 문장을 주의하자.
어떤 불가피한 문제에 대한 책임을 나만 져야 한다는 뜻일 수도 있다!

③ '완료하지 못하면' 혹은 '손해배상'

어느 시점까지 프리랜서가 작업물을 완료하지 못하면 얼마를
변상한다거나 책임을 진다 따위의 말이 있을 수 있다. 이런 말의 앞에는
여러 소건이 붙어야 한다. 예를 들어 글을 편집한다고 했을 때 작업해야
하는 글을 클라이언트가 마감 하루 전에 주고서는 프리랜서가 작업물을
완료하지 못했다고 주장할 수도 있다. 따라서 이런 조항이 있을 때는
내 작업 이전에 이뤄져야 할 일들에 대해서도 기한이 정해져 있는지
확인해야 한다.

④ '자동 연장'

특별히 이의를 제기하지 않는 한 계약이 자동 연장된다는 말이 있으면
한번 고려해보자. 부당한 계약인데 잊고 지나가서 계속 연장될 수도 있고,
단가를 올려야 하는데 그냥 연장될 수도 있다.

⑤ '비밀 유지'

비밀 유지라는 단어가 있으면 나의 작업물을 포트폴리오에 넣을 수 없고,
그걸 활용해서 다른 작업을 할 수도 없다. 비밀 유지 조항이 있는지 잘 보자.

2. 계약할 때 설마 이걸 잊지는 않았겠지?

① 업무를 시작하기 전에 먼저 계약서에 도장을 찍어야 한다!

일단 일을 시작하고 나서 계약서를 작성하면 불리한 위치에 있게 될
확률이 높다.

② 계약서는 2부 날인해서 클라이언트와 프리랜서가 각각 보관해야
한다! 왜? 그런 일은 없어야 하지만 혹시 양쪽 중 누군가가 고칠 수도
있으니까.

③ 계약서 제목을 꼭 확인할 것. '프리랜서 업무 계약서'인지 '위촉
계약서'인지 '용역 계약서'인지 확실히 해야 한다. 어떤 계약인지에
따라 보호법도 달라진다!

④ 저작권도 확인하자. 나는 홈페이지에만 쓰라고 디자인해줬는데
저작권을 다 넘겨버린다면 클라이언트가 임의로 굿즈를 만들거나
이모티콘을 만들어버릴 수도 있다. '비밀 유지'라는 단어가 있다면
특히 더 잘 살펴봐야 한다. 내 작업물의 사용 범위를 명시하자!

⑤ **설마, 아예 안 읽어본 건 아니겠지?** 계약서는 사전에 사본을 공유한 후 양쪽이 다 동의하면 그때 인쇄하거나 전자로 도장을 찍는 것이 좋다. 계약하는 현장에서 계약서를 확인하는 경우에는 대충 읽고 넘어가게 될 확률이 높다.

3. 클라이언트가 이런 말을 한다면?
님아, 제발 그 계약하지 마오

"우리 사이에 이 정도는 해줄 수 있잖아?"

"하는 김에 이것도 하면 좋잖아?"

"당신이 제일 잘 아는 사람이니까, 이것도 하면 되겠네."

"이왕 하는 거 여기까지만 더."

"어려운 거 아니니까 금방 할 수 있잖아?"

"다른 프리랜서들은 이런 것까지는 해주던데."

"왜 이렇게 돈돈거려. 이거 돈 때문에 하는 일이야?"

"계약서? 내가 어련히 알아서 잘 챙겨줄 거야."

"이 업계 좁아. 이런 식으로 하면~."

"더 달라고? 우리 사정 다 알면서 왜 이래."

④

노브랜드 탈출하기 |

오랜만에 고향 집에 내려갔더니 집 앞에 '노브랜드'(이마트에서 만든 자체 브랜드)가 생겼다. 서울 외 지역에는 대용량 제품을 싼 가격에 살 수 있는 대형 마트가 많지 않은데, 이런 틈새를 노려 노브랜드가 들어온 것 같았다. 롯데슈퍼나 이마트 대신 코코마트와 큐마트가 지키고 있던 우리 동네에 노브랜드가 생긴 것이다. 대기업의 촘촘한 그물이 여기까지 내려오다니! 이 정도면 가히 저인망 어업이라 불러야 하지 않을까?

하여간 그 작은 동네에 들어선 노브랜드를 보며 나는 엉뚱한 상념에 잠겼다. 노브랜드라니. 브랜드가 없다니. 그 뒤에 이마트라는 브랜드가 버젓이 있지 않은가. 왜 이름을 저렇게 지었을까. 그러고 보면 노브랜드라는 이름은 참 인기 없는 프리랜서의 인생을 닮았군. 대중에게 알려진 이름도, 초록창에 검색하면 나오는 검색 결과도 없는 프리랜서야말로 노브랜드지. 그러고 보면 무명의 프리랜서야말로 노브랜드처럼 저가에 대용량의 작업물을 제공하고 있지 않은가. 그런 식으로 싼 값에 노동력을 잔뜩 갈아 넣고 나면 프리랜서에게 남는 건 최저생계비에 가까운 돈과 망가진 몸뿐일 텐데 말이다. 프리랜서가 저런 제품 가격에 자신의 작업물을 후려치면 3년 안에 무너질 것이 불 보듯 뻔한데, 대체 노브랜드는 어떻게 버티고 있지?

노브랜드는 당연히 잘 버티고 있다. 대기업이 가진 유통망에, 갈아 넣을 인력과 자본이 충분히 있었으니 가능한 일이다. 그러나 이름이 없는, 그야말로 노브랜드의 프리랜서가 그렇게 자신을 갈아 넣으면 오래 버티지 못하고 곧 무너지고 만다. 프리랜서는 고작 한 명의 개인이다. 대량 생산 설비도 없고, 이미 구축해 놓은 시스템을 통해 일을 계속 만들어 나갈 수 있지도 않다. 그렇게 진행할 일이었다면 프리랜서에게 맡기기 전에 클라이언트 회사가 자체적으로 했을 테니까.

연차는 의미 없는 노브랜드 커리어 잔혹사

도대체 프리랜서들은 자기 브랜드를 어떻게 만드는 걸까?

프리랜서를 처음 시작하면 당연히 대중은 물론이고 클라이언트도 그의 이름을 알지 못한다. 첫 클라이언트를 잡는 일은 그래서 어렵다. 많은 경우 프리랜서는 조직에서 일하다가 나와, 조직의 네트워크를 이용해 일을 시작한다. 관광청에서 일하던 마케터가 퇴사를 한 뒤에, 프리랜서로서 관광청 온라인 블로그 관리를 한다. 출판사에서 일하던 편집자가 조직을 나와서, 외주로 전 회사의 책을 편집한다. 그 일을 디딤돌 삼아 포트폴리오를 만들고, 다른 클라이언트에게 일감을 받는다.

그렇게 몇 년이 흐르고 외주 경력이 많아지면? 브랜드가 쌓이고 일의 단가가 높아지고 프리랜서는 돈을 차곡차곡 모아 내 집 마련에 성공! 하는 아름다운 이야기를 들려주고 싶지만, 안타깝게도 현실은 그렇지 못하다. 프리랜서는 1년 차든, 3년 차든, 5년 차든, 10년 차든 급여에 큰 차이가 없다. 이제 막 업계에 들어선 꼬꼬마 디자이너나, 프리랜서 업계에서 10년을 버틴 경험 많은 프리랜서나 급여는 엇비슷하다. 정말이지 동기 부여 안 되는 절망적인 팩트다. 조직 안에서는 승진하지 않더라도 연차가 쌓이면 급여를 더 많이 주기 마련이나, 프리랜서의 세계는 냉혹하다. 연차는, 사실 큰 영향이 없다.

사실 급여를 비슷하게 매기는 클라이언트의 마음이 아예 이해가 안 되는 건 아니다. 그들에게는 작업 결과의 미세한 차이가 그렇게 크게 느껴지지 않을 수 있기 때문이다. 캘리그라피를 10년 한 사람의 붓 터치는 분명 1년 한 사람의 그것과 전문가의 입장에서는 크게 다를 것이나, 일반인의 눈으로는 "저게 쪼끔 더 잘 그린 것 같은데?" 정도의 수준일 수 있다. 경력 20년의 회계사가 5년 차 회계사보다 좀 더 폭넓은 지식이 있을 수 있으나, 고객의 입장에서는 "5년 차 회계사가 더 친절하던데?"로 끝날 수 있다. 작업물의 퀄리티를 10점 만점으로 봤을 때 5점에서 7점까지 가는 데는 10년의 세월이 걸릴 수 있지만, 클라이언트의 입장에서는 5점과 7점의 차이가 아주 사소해 보일 수도 있다. "저 음원이 좀 더 좋네. 10만 원 더 얹어줘!" 정도일까? 그리하여, 프리랜서는 2점을 올리기 위해 들인 시간과 노력에 대한 대가를 받길 기대하지만 클라이언트는 자신이 느끼는 만큼만 더 얹어준다. 서로 만족할 만한 지점을 찾기가 참 어렵다.

그래서 일단, 비슷비슷한 커리어로는 승부를 내기 어렵

다는 점을 받아들이지 않으면 안 된다. 그럼 프리랜서는 계속 노브랜드로서 저가 정책을 평생 고수해야 할까? 젊고 에너지가 넘치는 프리랜서들이 시장에 계속 들어오고, 우리의 몸뚱어리는 점점 병들고 쇠약해지는데 언제까지 그들과 같은 리그에서 싸워야 한단 말인가! 경력은 쌓이고 나이는 들어가는데 여전히 급여가 똑같다면, 프리랜서는 평생 끝나지 않는 편의점 아르바이트를 하는 기분이 들 것이다. 대체 내가 쌓아가는 포트폴리오가 무슨 의미인가 싶을 때도 있다.

브랜딩을 위한 딴짓은 딴짓이 아니다

내 일의 대가를 높이고, 나를 대체하기 어렵게 만들려면(대체 불가능이라고 말하고 싶지만, 사실 대체 불가능한 인력이란 거의 없다) 어떻게 해야 할까? 나 자신이 브랜드가 되는 일에 희망을 걸어볼 수 있지 않을까? '연반인'이나 인플루언서처럼 나 자신이 브랜드가 될 수도 있고, 나의 작업물이 나를 대신해서 브랜드로 살아남을 수도 있다. 『며느라기』를 그린 수신지 작가처럼 자신만의 그림체를 구축해서 어디다 그려도 '저건 수신지 작가님 그림이구나'라는 걸 느끼게 할 수도 있고, 하나의 키워드가 제작자들을 대표하게 할 수도 있다. 누군가가 혹은 어떤 작업물이 대중에게 알려진 하나의 브랜드가 되면, 클라이언트와의 협상에서 조금 유리한 위치를 차지할 수도 있다. 단순 연차로는 보장받지 못했던 급여가, 브랜드가 쌓이면 조금 올라간다.

　내 사례를 들어보자. 나의 프리랜서 생활의 기반은 '딴짓'이라는 콘셉트이다. 이 콘셉트가 구축된 출발점이 독립 잡지『딴짓』이다. 내가 운영하는 딴짓 출판사는『딴짓』을 만드는 것을 목표로 만들어졌지만, 사실 책을 팔아 수익을 얻는 것은, 게다가 독립 잡지를 팔아 생계를 유지하는 건 백 명 중 한 명도 채 되지 못한다. 사실 많은 독립 잡지 발행인들에게 자신의 책은 클라이언트를 향한 포트폴리오 기능을 한다.『딴짓』을 보고 비슷한 책을 만들고 싶은 업체나 관공서들에게서 연락이 종종 온다. 서울시 청년청과 함께 아카이빙북을 만들고, 남양주시도시재생센터와 함께 지역 잡지를 만든다. 영월군을 홍보하는 책『그렇게, 영월』도『딴짓』이 나오는 다큐멘터리를 인상 깊게 본 담당자의 제안으로 시작된 프로젝트였다. 독립 잡지를 만들어 서점에 뿌리는 발행인들은, 자신의 노래를 녹음한 테이프를 들고 제작사들을 방문하던 1990년대 뮤지션을 닮았다.

그렇다면 브랜드를 뭐라고 이야기할 수 있을까?

브랜드란 무엇인가. 일단, 자신이 만들어내는 작업물의 특수성이 브랜드라고 말할 수 있을 것 같다. 대학에서 아랍어를 전공하고 통번역대학원을 나와 일자리를 구하던 한 친구는 '의료 통역'으로 자신의 분야를 잡았다. 아랍어 통역 자체가 특수한 분야일 것 같지만 국내에도 아랍어 전공자는 많고 공급에 비해 수요가 넘치는 건 아니었다. 그래서 그는 자신의 분야를 의료 통역으로 좁히고 그 안에서 전문성을 만들어 나갔다. 어떤 보험설계사는 은퇴한 사람의 재무 설계보다 경력을 쌓기 시작하는 청년의 재무 설계를 더 잘할 수도 있고, 다른 헤어디자이너는 커트보다 염색에 재주가 있을 수도 있다. 업계에서 자신만의 영역을 좁히고 따라 할 수 없는 특수성을 만들어내는 것이 브랜딩이다.

또한 자신만의 '스타일'도 브랜드라고 할 수 있을 것 같다. 글 쓰는 사람의 문체, 디자인하는 사람의 스타일, 요리하는 사람의 손맛처럼 자신이 만들어내는 작업물에 일정한 결이 있다면 그것이 브랜드다. 책을 만들다 보면 사진작가를 고용할 일이 많은데 내가 아는 사진작가 중에는 서정적인 느낌의 필름 사진을 잘 만들어내는 작가가 있는가 하면, 풍경을 잘 담아내는 작가도 있고, 제품의 디테일 촬영을 잘하는 작가도 있다.

브랜드는 나를 대체하기 어려운 인력으로 만들어주는 담장이다. 따라서 브랜딩은 미래의 나를 위한 투자다. 나이가 들수록 열정과 건강이 여월 것이 분명한 상황에서는 늙은 내가 노동을 적게 해도 지금과 비슷하거나 더 많은 수입을 얻을 방법을 만들어두어야 한다. 사람들이 알아주는 내 브랜드는 이를테면 20년 후의 나를 위한 두둑한 통장이고, 오랜 고난이 만들어 낸 맷집이다. 퇴사한 회사원은 더 이상 그 회사의 브랜드를 지니고 갈 수 없지만, 프리랜서의 브랜드는 클라이언트와의 프로젝트가 종료되어도 계속 프리랜서의 것이다.

⑤
노브랜드 탈출하기 ‖

자, 그럼 나만의 브랜드를 쌓아볼까? 라고 결심한 당신을 위한 실전 팁을 공개한다. 나는 취미나 여가 활동을 함께할 사람을 모으는 플랫폼 프립에서 '언젠가, 프리랜서'라는 주제로 독서 모임을 운영한다. 언젠가 모두 프리랜서가 될 세상에서 우리가 어떤 준비를 할 수 있을까를 함께 이야기해보는 모임이다. 이곳에서 진행하는 '자신만의 브랜드 쌓기' 워크숍의 단계는 다음과 같다.

하나, 나를 펼치고 정리하는 자유연상

첫째, 내가 이제까지 해왔던 혹은 관심 있는 분야나 작업물, 키워드를 자유롭게 떠올려보고 천천히 그것들을 지우거나 결합하면서 마지막 한 단어를 남겨보는 일이다. 꽃과 디자인, 수공예, 그림 등의 키워드를 가진 프리랜서는 자신의 키워드를 결국 '플라워 디자이너'로 잡았고, 프랑스어, 연구, 음식, 문화라는 키워드를 적은 프리랜서는 자신의 키워드를 '프랑스어 번역가'로 잡았다. 플라워 디자이너는 자신의 키워드를 어느 정도 봉합한 편이지만, 프랑스어 번역가는 자신의 키워드 몇 개를 탈락시켜야 했다. 이 과정에서 사람들이 가장 많이 하는 실수는 무슨 일이든지 일단 받고 싶은 마음에 지나치게 광범위한 키워드를 잡는 것이다.

잡지에 들어가는 글을 교정교열하고 인터뷰하는 한 프리랜서는 자신의 일을 '전방위 기획자'로 잡았다. 어떤 글이든 청탁받을 의지가 있고, 어떤 기획이든 잘 해낼 자신이 있기 때문이었다. 그러나 모든 걸 할 수 있다는 프리랜서에게 전문적인 일을 맡길 클라이언트는 없다. 어떤 일을 누군가에게 맡기려고 할 때는 대개 그 일의 핵심 키워드를 중심으로 적합한 사람을 찾아보게 마련인데 '무엇이든 다 할 수 있는 프리랜서'를 검색할 확률은 아주 낮지 않을까. 따라서 '전방위 기획자'는 새내기 프리랜서가 시장에 자리 잡기에는 불리한 키워드다.

때로는 키워드가 절대 합쳐지지 않는 경우도 있었다. 한 프리랜서는 스포츠용품 쇼핑몰을 운영하며 쏠쏠하게 수입을 올리면서도, 콘티 작가로서의 정체성을 놓고 싶어하지 않았다. 모임 참가자 모두가 머리를 맞대고 생각해도 그의 쇼핑몰에서 가장 잘 나간다는 조리 샌들과 그가 꾸준히 만드는 드라마 콘티의 공통 키워드는 없어 보였다. 결국 그는 두 키워드를 하나로 합치는 것을 포기하고, 브랜드를 각각 따로 잡기로 했다.

둘, 영역을 확실히! 콘셉트 잡기

둘째, 키워드를 만들면 그것을 독특하게 바꾸거나 정교화하는 작업을 한다. 예를 들어 '프랑스어 번역가'는 그 사람이 아니어도 많다. '플라워 디자이너'도 다른 플로리스트와 크게 달라 보이지 않는다. 프랑스 문학을 번역하고 싶을 때 '프랑스어 번역가'보다는 '프랑스 문학 번역가'라는 타이틀을 가지고 있는 프리랜서를 찾을 확률이 높고, 결혼식에 사용할 꽃을 디자인할 사람을 찾을 때는 '플라워 디자이너'보다 '웨딩 플로리스트'를 찾을 가능성이 많다. 그래서 그 두 사람의 타이틀은 '프랑스 문학 번역가'와 '웨딩 플로리스트'로 구체화됐다. 물론 이런 키워드는 막 시작한 프리랜서들에게는 오히려 일감이 들어오지 않는 한계로 작용할 수도 있지만, 어느 정도 자리를 잡은 프리랜서에게는 자신만의 영역을 구축하는 방법이 될 수 있다.

이렇게 줄이고 줄여서 만든 자신만의 타이틀을 중심에 놓고 자신이 할 수 있는 다양한 일들을 덧대어 나간다. 지금까지는 키워드를 줄였다면, 이제는 그렇게 줄인 키워드를 다시 넓히는 과정이다. 아랍어 의료 통역을 하는 사람은 중동에 사는 동안 중동 음식과 문화에 관심이 많았다. 그러므로 그의 일은 언젠가 음식과 문화 영역으로까지 확장될 수 있을 것이다. 그때 그의 키워드는 또 어떻게 바뀔까? 이는 나와 내 일을 하나의 브랜드로 구축하는 큰 그림을 그리는 작업이다.

자신만의 키워드를 만드는 일을 해보면 꽤 신난다. 이제까지 세상이 던진 질문이 여러 직업을 제시하며 그중 하나를 선택하라는 객관식이었다면, 이제는 내가 그 질문을 거부하고 주관식 답을 써내는 기분이다. 세상에 없던 직업을 새로 만드는 일, 자신만을 위한 직업명을 지어보는 일은 주체적으로 내 일을 설계하겠다는 결의를 담은 의식이다.

셋, 업데이트와 아카이빙은 스타일링의 기본

내가 그럴듯한 직업명에 도달했다고 해도 그것을 나만 알고 있다면 '브랜드'라고 부르기 어렵다. 브랜드를 만들기 위해서는 몇 가지 노력이 필요하다. 첫째는 개인 작업물들을 온라인상에 부지런히 아카이빙하는 일이다. 페이스북, 인스타그램, 트위터, 네이버 블로그 같은 SNS에 작업물을 꾸준히 올리거나 자신만의 전시회를 여는 것, 방송에 나가거나 책을 내는 일, 유튜브 채널을 개설하는 일이 모두 아카이빙이다. 클라이언트에게 보여줄 포트폴리오를 부지런히 업데이트하고 이곳저곳에 자신의 포트폴리오를 배포하는 일도 프리랜서가 해야 할 영업이다. 그런 면에서 프리랜서로 산다는 건 자질구레한 일을 하는 수고를 감내하는 것이자 영업 뛰는 것을 부끄러워하지 않을 만한 큰 배포를 지니는 일이다. 나의 음악은 너무 훌륭하니까, 내 수공예품은 국보급이니까. 그런 이유로 자신의 집에서 혼자 연주를 하거나 물건을 만든다고 해도 알아줄 사람은 없다. 점잖게 뒷짐을 지고 누군가가 자신의 고고함을 알아주길 기다리는 선비 정신은 프리랜서에게 어울리지 않는다.

외주 받은 일들이 탐탁치 않거나, 신념에 어긋나거나, 내보이기 부끄러울 때도 있다. 그런 일들은 빼고 올리면 된다! 다시 말하지만 프리랜서는 내가 나의 상사이자 내가 나의 부하다. 하고 싶지만 아무도 내게 맡겨주지 않는 작업은 개인적으로 해서 올려도 좋다. 언젠가 클라이언트가 그걸 보고 비슷한 일을 맡길 수도 있으니까. 나와 친하게 지내는 프리랜서 사진작가는 행사나 축제 사진 찍는 걸 주로 하지만 개인적으로는 (아무도 시키지 않은) 인물 사진을 찍고 있었고, 언젠가 그것으로 돈도 벌기를 원했다. 그리고, 그것은 현실이 됐다. 그는 온라인상에 사진을 올린 것이 계기가 되어, 도봉구에서 진행한 소상공인 인물 사진 찍기 프로젝트에 참여했고, 이후 자신의 영역을 넓혀나가고 있다.

넷, 꾸준함 말고는 정답이 없는 마케팅

이 모든 것이 자신만의 스타일을 구축하고 내보이는 다음 단계로 이어진다. 누가 읽어도 바로 그 사람 글이라는 걸 아는, 어떤 컵이나 파우치에 그려져 있어도 그 작가의 작품이라는 걸 아는 단계 말이다. 김혼비 작가의 글은 언제 읽어도 재밌고 늘 한결같은 톤이 있다. 무거운 이야기를 재치 있게 해내는 데 도가 튼 김영민 교수의 글도 '팬심'으로 구독하게 된다. 내가 좋아하는 만화가 얄개의 그림은 너무 독특해서, 어디서 봐도 반갑다.

　자신만의 브랜드를 넘어, 자신만의 브랜드 구축 방법까지 만드는 프리랜서도 있다. 아무도 자신에게 청탁을 하지 않자 매일 글을 써서 구독료 월 만 원의 메일링 서비스를 제공한 이슬아 작가의 방법은 유명하다. 그 이후로 <매일마감>의 이다 작가 등 많은 프리랜서들이 이 방법을 따랐다. 내가 두 명의 친구들과 함께 운영하는 딴짓 출판사가 수익이 제로에 가까운 독립 잡지 『딴짓』을 6년 동안 만들고 있는 것에도 다 이유가 있다. 그건 『딴짓』이 우리의 정체성이고, 이를 통해 우리의 이야기를 할 수 있어서이기도 하지만, '딴짓'이라는 브랜드를 보고 우리에게 일을 맡기는 클라이언트가 계속 생기고 있기 때문이기도 하다.

　자신을 상품처럼 브랜딩 하는 일이 그렇게 유쾌하게 느껴지지 않을 수도 있다. 어쩌면 그저 '노브랜드'로 남으면서 생계를 유지하는 것이, 효용과 쓸모만을 강조하는 자본주의 사회에서 할 수 있는 전위적 반항인 것 같기도 하다. 하지만 깃발 드는 것만이 혁명은 아니니까. 삶으로, 행동으로 메시지를 전할 수도 있으니까. 한 끼 밥이 아쉬운 나는 혁명가는 되지 못하여, 어떻게든 브랜드를 만들기 위해 아등바등하고 있다. 노브랜드가 되지 않기 위하여.

브랜딩을 시작하는 워크시트

1단계_일에 대해 생각하기

① 내가 생각하는 일이란 무엇인가요?

'일'을 생각할 때 떠오르는 것을 마음껏 적어본 후,
그것을 한 문장으로 정리해봅니다.

노후 대비 수단　　생계 유지 수단　　자아 실현

→ "나의 현재와 미래를 나답게 살게하는 수단"

② 내가 생각하는 이상적인 일이란 무엇인가요?

이상적인 일의 '조건'을 최대한 많이 적어본 후,
그중 우선순위를 매겨봅니다.

-일하는 시간과 장소를 자유롭게 선택할 수 있어야 한다 1

-급여가 월 300만 원 이상이어야 한다 3

-내 일이 나의 포트폴리오 쌓기에 도움이 되어야 한다 2

③ ①과②에 부합하는 일이란 무엇인가요?

혼자 생각하지 말고, 주변 사람과 자유롭게 이야기해보세요.

2단계_나의 일을 찾기

① 내가 해온 일은 무엇인가요? ('업'이 아닌 '작업 형태'로 생각해주세요)

해본 경험이 있는 일을 최대한 구체적으로 많이 적어본 후,
앞으로도 지속적으로 하고 싶은 일에 동그라미를 칩니다.

② 해보지는 않았지만 하고 싶은 일은 무엇인가요?

언젠가 해보고 싶었던 일들을 적은 후, 우선순위를 매겨봅니다.
묶을 수 있는 일들은 묶고, 우선순위가 아닌 일은 지웁니다.

③ ①과②를 아우르는 일이란 무엇인가요?

①에서 동그라미 친 일과 ②에서 답한 일을 바탕으로 직업명을
만들어보세요.

예) 요가+명상+상담+직업 컨설팅=커리어라이프코치

3단계_ 내 직업을 확장하기

① 그 직업을 통해 할 수 있는/하고 싶은 일은 무엇인가요?

2단계에서 추린 직업명을 중심에 놓고
내가 할 수 있는/하고 싶은 일을 덧대어봅니다.

커리어 상담

요가와 명상 센터 운영

커리어 라이프 코치

책 쓰기

② ①의 일들이 1단계 일의 정의/조건과 부합할까요?

부합한다면 어떤 면에서 부합하는지, 부합하지 않는다면
어떻게 부합하게 만들 수 있을지 생각해봅니다.

예) 커리어라이프코치는 나를 나답게 살게 하는 정체성이다.

  → 코칭 철학을 좀 더 심화하면 '나다움'이 더 돋보이겠지!

예) 커리어라이프코치로서 안정적으로 월 300만 원 이상의 급여를
  보장받을 수 있을까?

  → 일주일에 이틀은 파트타임 요가 강사로 일해서 기본 급여를
  만든 후 강의와 컨설팅으로 추가 수입을 올려야겠다.

③ 그 직업으로 먹고살기 위해 해야 할 일은 무엇인가요?

어떤 기술을 갖춰서 어떤 기회를 만들어야 할지 연쇄적으로 적으면서,
당장 해볼 수 있는 일을 찾아봅니다.

커리어라이프코치가 되기 위해
↓
지금 하고 있는 상담 공부를 보다 일에 맞추기
↓
언젠가 낼 책에 실릴 글을 꾸준히 쓰기
↓
외부로 진행할 포트폴리오를 위한 개인 프로젝트를 진행
↓
상담 공부 과정을 글로 써서 브런치에 연재해볼까?

⑥

프리랜서와 일할 때
알아야 할 것들

"입장을 바꿔서 생각해봐. 너라면 어떨 것 같아?"

엄마는 종종 그런 말을 했다. 네가 언니 입장이면 인형이 더
러워져서 화가 나지 않겠어? 네가 엄마라면 네가 밥을 안 먹
어서 속상하지 않겠어? 그런 말을 들을 때면 나는 꽤 혼란스
러웠다. 왜냐하면 정말이지 나라면 화가 나지도, 속상하지
도 않을 것 같았으니까. 웬만해서는 도통 슬프지도, 그다지
기쁘지도 않았던 나는 (지금도 가끔 내가 소시오패스인지 의심한다)
상대방의 입장에서 생각해보라는 말이 그렇게도 어려웠다.
아무리 입장을 바꿔도 나는 내가 맞는 것 같았으니까. 서른

이 훌쩍 넘어서야 나는 '상대의 편에 서서 생각한다'는 게 무슨 뜻인지 알 것 같다. '나라면 어땠을까'를 상상하는 게 아니라 '내가 그 사람이라면 어떨까'를 구체적인 삶의 맥락 속에서 상상해보는 거다. 광화문에서 성조기를 휘날리는 할아버지를 보며 어릴 적 그에게 친절했던 미군의 모습을 그려보고, 제사상 앞에서 손가락 하나 까딱하지 않는 삼촌을 보며 모든 것이 갖춰져 있었던 그의 어린 시절을 상상해본다. 누군가의 입장에 선다는 건 그 사람이 살았던 삶으로 풍덩 뛰어드는 일, 그 삶의 맥락을 천천히 되짚어보는 일이다. 깊은 내공과 많은 관심 없이는 불가능하다. 미국 속담처럼, '누군가의 신발을 신어보는' 것만으로 그의 입장을 이해할 수 있게 된다면 얼마나 좋을까? 마법의 신발을 찾습니다!

때론 클라이언트의 입장에도 서봐야 합니다

프리랜서로 일하다 보면 자주 남의 신발을 신어보게 된다. 특히 일련의 업무들 중 가장 마지막 단계에서 일하지 않고 프리랜서와 클라이언트 조직의 중간 역할을 하게 될 때면 더 그렇다. (이런 일들은 '기획' 분야 특유의 일이기도 하고, 최근에는 이 정도 수준의 일도 외부에 맡기는 경우가 많이 늘었다.) 프로젝트의 가장 끝에 매달려 일할 때도 있지만, 프로젝트 안 작은 규모의 업무 뭉치를 통으로 맡게 될 때도 있다. 원고 기고만 할 때도 있지만, 내 원고뿐 아니라 다른 이들의 원고까지 모두 묶어 책으로 만들어내는 역할을 하게 될 때도 있다는 뜻이다.

한번은 청년문화센터의 활동 내역을 담은 책을 만드는 일을 맡았다. 작가에게 글도 부탁해야 하고, 일러스트레이터에게 책 표지 그림노 요청해야 하고, 디자이너에게 디자인 요청서도 보내야 하며, 그 와중에 내 원고도 제때 편집자에게 보내두어야 했다. 디자이너와 잡은 책 콘셉트를 사진작가에게 잘 전달하기 위해 글과 이미지를 동원한 자료를 만들어야 할 때도 있고, 개발자와 메일을 주고받다가 조사만 빼고다 영어인 그의 외계어 때문에 좌절하기도 했다. 그리고 이런 과정에서 감정이 상할 때가 있다.

"문과생들은 개발자를 무슨 마법사로 안다고. 말도 안 되는 기획을 가져와서 앱 만들어 달라고 하면 나라고 뚝딱 되겠어?"

"사진이 너무 딱딱하다고? 제품 사진이니까 딱딱하지! 어떻게 찍어달라는 거야?"

"편집 가격이 이 정도라고? 물어보는 거 자체가 무례한 거 아냐?"

나는 그중에서 특히 디자이너와 클라이언트 사이의 커뮤니케이션을 어려워한다. 지금이야 합을 여러 번 맞춰본 디자이너들이 있어 업무 맡길 때의 요령도 알고, 계약할 때의 예의도 알지만 처음엔 디자이너의 요구가 너무 무리하다고 느끼거나 소위 '예술한다'고 생각할 때가 많았다. 인디자인은커녕 포토샵도 다룰 줄 모르는 나는 '이 정도 수정은 금방 하는 거 아니야?'라거나 '색감만 좀 고쳐주면 안 돼?'라는 말을 아무렇지도 않게 하는 무개념 클라이언트(혹은 클라이언트 대변자)인 적도 있었다.

프리랜서들이 분노하는 순간을 차근히 관찰해보자. 의외로 클라이언트들은 프리랜서가 왜 화를 내고 있는지 모른다. 클라이언트의 '갑질' 중에는 가끔 의도한 것도 있겠지만, '몰라서 저지르는 무의식적 실수'일 때가 더 많다.

"카톡으로 연락하면 안 되는 거였어요?"
"프리랜서는 원래 주말에도 일하지 않아요? 주말에 연락하는 건 안 되는 거였어요?"

"그림하고 글을 같이 하시는 분이니까, 그냥 한 번에 정산해드리면 안 되나요?"

프리랜서의 일을 겪어보지 않으면 그게 왜 힘든지 알지 못한다. 상대의 입장에서 생각해보려면 프리랜서의 일에 대한 이해가 먼저 있어야 한다. 그러므로, 클라이언트를 위한 프리랜서 사용 설명서가 필요하다.

클라이언트여, 이것만은 지켜주세요!

하나, 프리랜서는 '회사 밖 직원'이 아니다. '다른 회사'다. 프리랜서에 대한 클라이언트의 오해 중 가장 심각한 것은 프리랜서가 회사 밖에 있는 '직원'이라는 생각이다. 그러나 프리랜서는 직원이 아니라 독립계약자다. 직원과 독립계약자의 차이는 무엇일까? 직원은 회사에서 구체적인 업무의 지시를 받고, 정해진 곳으로 출퇴근하며, 사내의 규칙을 따라야 한다. 반면, 프리랜서는 독립된 계약자로서 계약한 업무 결과물만 정해진 날짜에 내놓으면 된다. 클라이언트는 프리랜서가 언제, 어디서, 어떻게 일하는지 간섭할 수 없고, 회사의 규칙을 강요할 수 없다.

그러나 많은 경우 클라이언트들은 프리랜서에게 돈을 주는다는 이유로 프리랜서를 자기 직원처럼 대한다. 업무와 관련된 다른 미팅에 참여하기를 기대하고, 회사의 다른 이슈들을 따라잡으라며 메일을 전달하고, 회식 참석을 종용하거나 심지어는 출퇴근을 강요하기도 한다. 만약 클라이언트가 이런 것들을 요구한다면 프리랜서는 당당하게 '그렇다면 내게 고용보험을 들어달라'고 요구할 수 있다. 한국의 노동법은 업무 형태에 따라 일하는 사람을 독립계약자 혹은 근로자로 구분하는데, 출퇴근을 하고 회사의 구체적인 지시를 따랐다면 근로자로 구분된다. 그런 경우, 프리랜서 계약서에 서명을 했다고 하더라도 업무 형태에 따라 근로자로 인정받아 고용보험을 적용받고 퇴직금 등의 수혜도 챙길 수 있다.

프리랜서를 회사 밖 직원으로 오해해서 생기는 문제 중에는 '과업물에 대한 지나친 수정 요구'도 있다. 물론 프리랜서 계약서에는 과업물에 대한 일정 정도의 수성과 피드백 반영이라는 항목이 들어가 있지만, 그 범위를 넘어 하나부터 열까지 수정 요구를 하면 프리랜서는 자신이 내부 직원이라고 느끼게 된다. 예를 들어 디자이너에게 포스터를 만들어 달라고 요청한 후에 메인 컬러와 레퍼런스를 보내주었는데 디자이너가 그에 맞춰 포스터를 만들어왔다고 하자. 시안이 마음에 안 들 수는 있지만 피드백을 이런 식으로 주어서는 안 된다.

> "바탕을 노란색으로 하고 가운데에 각 변이 3센티미터인 정사각형을 네 개 그려 넣고 네모 사이에 동그라미를 그려 넣은 후, 함초롱바탕체 14포인트로 제목을 적어주세요."

인공지능 비서에게 내리는 지시인가. 이런 피드백을 받을 때 디자이너는 사실상 디자이너기보다 '도구' 취급을 받는다고 느낀다. 처음부터 그런 식의 소통에 합의했다면 모를까, 디자이너의 시안을 무시하고 클라이언트가 수정이라는 명목으로 지나치게 구체적인 지시를 내리는 건 '금지'되어 있다기보다는 '무례'한 행태에 가깝다. 프리랜서는 결과물을 제공할 뿐, 회사의 업무 지시에 따라야 하는 직원이 아니다.

둘, 프리랜서에게 업무 배경을 설명하자. 프리랜서는 조직 외부 사람이기에 자신이 맡은 일의 내막까지 스스로 알기는 어렵다. 내가 한 국내 렌터카 업체 직원들을 인터뷰하는 일을 맡게 되었을 때, 내게 일을 맡긴 담당자는 이 프로젝트를 왜 시작되었는지를 시시콜콜히 알려주었다. 최근에 회사의 매출이 크게 성장했고, 그에 따라 직원 고용을 대폭 확대했으며, 따라서 회사의 비전과 이념을 새로 세우는 작업이 필요해졌다는 것이었다. 특히 말랑말랑한 콘텐츠로 사람들에게 친근하게 접근하고자 한다는 배경 설명을 듣고 일의 필요성을 이해하고 나니 글을 쓰기가 훨씬 수월해졌다.

그러나 때로 어떤 클라이언트는 프리랜서가 이 모든 것들을 '알아서' 파악하리라고 기대한다. 하지만 아무런 설명도 해주지 않고 프리랜서가 프로젝트의 취지와 의미, 고객의 니즈와 상사의 취향까지 파악해서 한 상 차려올 거라고 생각해서는 안 된다. 회사가 맡긴 업무에 역사가 있는지, 어떤 의도에서 시작되었는지, 고객 연령층은 어떤지, 그동안 어떤 시행착오를 겪었는지 말해줘야 프리랜서가 맥락을 이해하고 결과물을 잘 가져올 수 있다. 디자인 요청서를 줬으니 알아서 2주 안에는 만들어 오겠지,라고 짐작했다간 2주째에 "그런데 프로젝트는 언제 시작하면 될까요?"라는 문자를 받을 수도 있다. 프리랜서가 멍청해서 그런 게 아니라 외부인은 회사 내부 프로젝트에 대한 이해 수준이 낮을 수밖에 없기 때문이다.

그러므로 프리랜서에게 일을 맡길 때는 '이 일이 어떤 일인지', '그 일에서 어떤 부분을 맡기고 싶은지', '왜 프리랜서에게 이 일을 맡기게 되었는지', '업무의 범위는 어디에서부터 어디까지인지', '작업 결과물은 언제까지 받고 싶은지', '피드백 후에 수정은 몇 회까지 가능한지', '앞으로 이 일이 계속 이어질 가능성이 있는지', '비용은 얼마를 줄 수 있고 언제 입금이 될 건지'를 구체적으로 말해주어야 한다. 프리랜서와 연락해서 이런 내용을 간단하게 정리한 메일을 전달하고, 직접 만나 세부 사항을 설명하고, 구두로 합의한 내용이 담긴 계약서를 준비하면 당신도 이제 프리랜서가 일하고 싶은 '일 잘러 클라이언트'다. 일잘러 클라이언트가 되면 뭐가 좋은지 아는가? 일 잘하고 능력 있는 프리랜서가 당신에게 붙는다. 게다가 이건 좀 비밀이지만 다른 회사보다 조금 낮은 가격을 불러도 웬만해서는 당신과 일하는 게 좋아서 넘어가줄 수도 있다. 무엇보다 높은 수준의 결과물을 빠르게 얻을 수 있지 않은가!

셋, 프리랜서와 업무 범위를 세밀하게 조정하는 것도 클라이언트의 일! 인터넷을 떠돌던 농담 중 광고 업계의 AE가 'A:아, 이것도 제가 하나요? E:에, 이것마저 제가 하나요?'의 약자라는 이야기를 본 적이 있다. AE가 워낙 이 일 저 일, 잡일이 많다 보니 나온 농담인 듯했는데 웃지 마시길! 프리랜서도 온갖 잡일을 하게 되니까.

일을 하다 보면 필연적으로 일과 일 사이에 공백이 생기게 마련이다. 학생들을 대상으로 영어를 가르치는 강사는 당일 강의만 하는 게 아니라 강의안을 정리해서 학생들에게 보내야 하고, 그러려면 학생들의 이메일을 취합하고, 개인정보 동의도 받아야 한다. 누군가의 자서전을 대필해주다 보면 그 사람 말의 시대적 배경이 사실과 일치하는지 확인도 해야 하고, 출판사와 클라이언트 사이 커뮤니케이션을 조정하는 역할도 해야 한다. 그러나 우리는 모두 제 눈에 보고 싶은 것만 보는지라 계약할 때 클라이언트는 '여기까지는 해주겠지'라고 생각하고 프리랜서는 '이 정도만 해주면 되겠지'라고 믿는다. 어디까지를 '업무'로 봐야 할지 애초에 세밀하게 조정하고 일을 시작하는 걸 권장하지만, 아무리 그렇게 한다고 해도 늘 책임이 애매한 '잡일'이 복병처럼 툭 튀어나오기 마련이다.

그럴 때 '이 일은 제 일이 아닙니다'라고 선언하라고 멋지게 이야기하고 싶지만, 현실적으로는 원래 하기로 한 일의 범위를 지나치게 넘지 않는 이상(전체 업무의 5% 이내인 경우) 웬만하면 추가로 해주라고 권하고 싶다. 클라이언트도 사람인지라 냉정하게 끊어내는 프리랜서보다는 조금은 여유를 주는 프리랜서와 일하고 싶어한다. 지금 5%의 일을 더 하는 게 결국 120%의 다른 일을 얻는 데 도움이 될 수도 있다. 그렇다고 해서 약속한 일보다 훨씬 많은 일을 요구하는 것에 응하라는 말은 당연히 아니다. 그럼 프리랜서 생태계를 망치게 되니까.

넷, 프리랜서 업계 룰을 이해할 것.

"초롱씨, 우리도 유튜브 한번 해보자! 프리랜서 한번 알아봐봐!"

"유튜브 프리랜서를요? 촬영해줄 사람을 찾아보시는 건가요?"

"그래, 뭐 그런 거. 유튜브에 우리 회사 콘텐츠 만들어서 올릴 그런 사람 있잖아!"

유튜브 영상을 만들 작가를 섭외하다 보니 내가 얼마나 영상의 세계에 까막눈이었는지를 알게 되었다. 일단 아는 사진작가에게 연락했더니 자신은 '영상이 아니라 사진을 한다'고 해서 민망하게 전화를 끊었고(카메라 가지면 다 되는 거 아니었어?), 알음알음 알게 된 영상 작가에게 연락했더니 '행사 영상 전문이다'라는 이유로 퇴짜를 맞았고(움직이는 거 찍는 건 비슷한 거 아니었어?), 그의 소개로 유튜브 영상을 예능처럼 만드는 작가에게 연락하고 나서야 본격적으로 이야기를 할 수 있었다.

> "제가 촬영도 하고 편집도 하는 건가요?"
>
> (아, 그것까지는 생각을 못 했다.)
>
> "제가 편집하면 썸네일까지 제작해드려야 하는 건가요?"
>
> (아, 썸네일. 그건 누가 만들지?)
>
> "수정은 보통 영상당 2회까지 해드려요."
>
> (참, 그걸 정했어야 했구나!)

프리랜서와 많이 일해본 나도 새로운 분야의 프리랜서와 일을 하게 되면 이런 실수를 반복한다. 업계의 업무 프로세스를 이해하지 못하면 개념 없는 질문이나 요구를 할 확률이 높아진다. 업계의 룰을 잘 모른다면 알 만한 사람에게 미리 물어보는 게 좋다. 디자이너에게는 원하는 느낌을 말할 때는 모호한 형용사를 동원하기보다 레퍼런스를 찾아서 주는 게 좋고, 번역가에게는 원하는 전문성의 수준과 번역 방향성을 잡아주는 게 좋다. 강사에게는 수강생들의 수준과 니즈를 말해주면 좋고, 마케터에게는 타깃 소비자와 전략을 먼저 설명하는 시간이 필수다.

　　업계에서 어느 정도 비용을 책정하는지 몰라서 얼토당

토않은 금액을 제시할 때도 있고, 계약서를 작성할 때 뭘 참고해야 할지 몰라서 필수적인 내용이 빠진 종이를 들이밀 때도 있지만 그게 모두 무례한 행동이라거나 갑질이라고 말하기는 어려울 것 같다. 클라이언트도 잘 몰라서 그런 거니까. 다만 그 말이 맥락 속에서 무례하게 느껴지지 않는지, 명령조는 아닌지 살피는 자세가 필요하다.

다섯, 다 사람이 하는 일이니까 만나서 얘기하자. 코로나 때문에 비대면 업무가 많아졌다고는 하지만 나는 아직도 일을 시작하기 전에는 꼭 한 번 얼굴을 보고 미팅을 하라고 추천하고 싶다. 메일이나 문자로만 소통을 하다 보면 내가 일을 부탁하는 대상이 사람이라는 사실을 쉽게 잊는다. 사소하게 넘어갈 수 있는 일도 '저 사람은 왜 저러지', '왜 일을 이런 식으로 하지'라고 투덜거리게 될 가능성이 높아진다. 노트북 너머의 누군가가 사람이 아니라 어떤 '대상'으로 보인다.

업무를 시작하기에 앞서서 사전 미팅을 하고 차를 같이 마시고, 피상적이지만 간단한 안부라도 주고받고 나면 이메일을 쓸 때도 화면 너머 누군가의 상이 그려진다. 안부를 전하고 쿠션어를 주고받는 일은 비효율적으로 보일지언정 서로 실수했을 때 너그럽게 넘어가거나 추가로 일을 더 하게 되었을 때 마음 상하지 않게 만들어준다. 메일에 쓰인 그 사람의 문체에서 캐릭터가 보인다. 나는 이렇게 얼굴을 마주 보고 나서 일을 했을 때 훨씬 클라이언트와 갈등이 적었다. 1년을 함께 일하게 되면 3개월에 한 번씩은 오프라인으로 얼굴을 보곤 했다. 오래 얼굴을 보지 않으면 다시 사무적인 관계로 돌아가곤 했으니까.

노트북 너머 상대가 '사람'으로 보이면 일부러 노력하지 않아도 우리가 서로 기대하는 상식이나 예의에 걸맞게 행동할 수 있다. 주말이나 밤에 일을 맡기려다가도 내가 일을 시킬 상대가 편하게 쉬고 있는 장면을 상상하게 되고, 수정을 부탁할 때도 듣기 좋은 칭찬을 먼저 하게 된다. 프리랜서도 사람인지라 칭찬을 먼저 들으면 계약서에 없는 수정을 해줄 마음이 기꺼이 생긴다.

현실에서는 클라이언트가 프리랜서가 되기도, 프리랜서가 클라이언트가 되기도 한다. 회사원이면서 사이드잡으로 프리랜서 일을 하는 사람도 있고, 프리랜서지만 다른 분야의 프리랜서를 고용할 때도 있다. 갑은 언제까지나 갑이 아니고, 을도 언제까지나 을이 아니다. 그렇게 서로 자리를 계속 바꿔가다 보면 '입장 바꿔 생각해보는 일'이 자연스럽게 가능해지지 않을까? 아직은 시작 단계니까 조금 비틀거리더라도 어깨를 부대껴보자. 나도 일단 당신 신발을 좀 신어보련다.

번아웃은 당신 탓이 아닙니다

딴짓 출판사에서 문화 공간을 만들기로 결정한 해에는 일이 참 많았다. 지역 소개 잡지를 마감해야 했고, 미술관 홍보 책자 원고를 써야 했고, 그 와중에 매일 저녁 꼬박꼬박 출근해야 하는 곳이 있었다. 일을 하면서도 버겁다, 못하겠다 징징거렸지만 어찌어찌 연말까지 그 일을 겨우 마무리했다. 그리고 새해가 오자, 내게도 사람들이 말하던 증상이 찾아왔다. 번아웃.

번아웃 증상은 우울증과 비슷하다. 하고 싶은 일도 없고, 해야 할 일이 있어도 의욕이 생기지 않는다. 슬프다기보다는 어떤 감정을 느끼기엔 너무 지쳤다는 생각이 든다. 프리랜서로 살고, 책을 만들고, 글을 쓰는 모든 일이 다 부질없는 것 같다. 번아웃을 겪는 동안 나는 주로 집에 숨어 지냈다. 침대와 소파를 오가며 머리가 어질어질하도록 넷플릭스를 봤다. 겨우 남은 기운을 쥐어짜 하루에 한두 시간 메일을 보내거나, 단순한 업무를 반복했다. 들어오는 외주를 다 받을 자신이 없어서 일단 미팅을 최대한 뒤로 미뤘다.

일을 할 수 없어도 시간은 성실하게 가고 있으니

2월이 되어도 상황은 별반 달라지지 않았다. 세상에서 가장 성실한 시간은 뚜벅뚜벅 혼자 잘만 갔다. 번아웃이 오면 일단 쉬어야 한다고 하지만, 그때 나의 '쉼'은 건강한 휴식이 아니라 무의미한 시간 소비였던 것 같다. 매일 아침 일어나면 너무나 귀중한 24시간이, 그 귀중함 때문에 오히려 부담스러웠던 하루가 주어졌다. 소파에 기대앉아 있거나, 침대에 누워 천장을 바라보며 멍하게 시간을 흘려보냈다. 연말에 내달렸던 게 무의미할 정도로 두 달간은 거의 아무 일도 하지 못했다.

번아웃은 대개 지나친 노동과 스트레스에서 온다고 한

다. 과중한 업무에 시달리다가 번아웃 증상을 호소하거나, 번아웃 증후군을 진단받았지만 쉴 수 없었던 직장인들의 이야기는 뉴스에서 심심치 않게 찾을 수 있다. 나도 결국 무기력함 때문에 상담소를 찾았다. 정부가 지원해주는 상담 프로그램을 3주나 기다렸다. 그런 이야기를 했더니 전 직장 동료가 걱정스럽게 말했다.

"프리랜서도 번아웃이 오는구나. 난 회사원들만 생기는 건줄 알았어."

"일하는 사람이면 누구나 번아웃이 오지."

"프리랜서는 일을 조율할 수 있지 않아? 번아웃이 안 오도록?"

잠깐 침묵이 흘렀다. 나는 조심스럽게 대꾸했다.

"다이어트도 먹는 걸 조율하면 되는 거 아냐? 살이 안 찌도록?"

프리랜서는 자신의 일을 '어느 정도' 조율할 수 있지만, 일이 곧 생계이기 때문에 언제까지나 쉴 수는 없다. 내 목구멍은 기다려주지 않으니까. 웬만큼 브랜드가 쌓인 프리랜서가 아니고서야, 노동자는 늘 대체 가능한 존재이므로 나의 번아웃 상황 따위는 중요하지 않다. 나 말고도 일을 시킬 프리랜서는 많으니 말이다. 게다가 일을 한 번 쉬면 계속 쉬게 될 가능성이 크다. 최근에 일을 한 사람과 한 번 더 호흡을 맞추는 게 편하기 때문이다.

자신의 마음에 쏙 드는 일만 골라 할 수 있는 프리랜서가 될 수 있다면 좋겠지만 대부분의 프리랜서에게 일을 거절한다는 건 어느 정도 각오를 다져야 가능한 일이다. 그리고 그 각오란 불안을 다스린 후에나 가능하다. 나의 몸뿐 아니라 정신의 건강 상태까지 기민하게 파악하며 일하고 싶지만 어디 그게 말처럼 쉬운가. 이젠 정말 끊어야지라며 담배에 손을 대고, 내가 다시 그렇게 술을 마시면 개다라고 외치면서 또 한잔하는 게 우리 아닌가. 결국 나 자신을 가혹하게 착취하는 일은 또 반복된다. 번아웃이 오고, 쉬고, 내 몸과 정신을 잘 돌보자고 약속하고, 시간이 지나면 그 약속을 또 잊고 정신없이 일하는 루틴이다.

시간은 성실하게 가고 나는 매일 꼬박꼬박 늙고 있으니 이 번아웃 주기는 더 짧아질 것임이 틀림없다. 그전까지 내가 경제적인 안정성을 갖출 수 있을까? 혹은 나 자신을 잘 브랜딩해서 적은 노동으로도 높은 임금을 받는 데 성공할 수 있을까? 그게 성공한다 해도 모은 돈을 다 병원비로 써야 할 만큼 지치지 않았을까? 어쩌면 나는 매일 조금씩 좁아지는 토끼 구멍으로 폴짝 뛰어들었는지도 모른다. 구멍은 점점 좁아지지만, 뒤돌아가기에는 이미 늦었다.

프리랜서가 아니었다면 달랐을까

프리랜서가 아니었으면 이런 불안감을 느끼지 않았을까? 회사원 역시 대체 가능한 노동자로서의 불안을 떨치기는 힘들다. 회사에 인생을 다 바친 윗세대 중 일부는 가끔 '이 회사는 나 없으면 안 돼'라는 자부심을 보이기도 하지만, 한 명이 없다고 해서 굴러가지 않는 회사는 몹시 드물다. 설사 그런 회사가 있다고 해도 문제다. 하나의 자원에 회사의 사활이 달렸다는 건 그 회사가 얼마나 불안정한 일자리라는 뜻일까? 회사가 나 때문에 망할 수 있다면 불안정한 일자리라는 뜻이고, 내가 없어도 회사가 잘 운영된다면 내 자리가 불안하다는 뜻이니 이러나저러나 불안정하기는 매한가지다.

설사 안정적인 직장에서 어느 정도 자리를 잡은 사람이

라고 할지라도, 사회적 환경이 시시각각 변하는 요즘에는 안심하기 힘들다. 하루에도 몇 번이고 새로운 직업이 생겨나고 없어지는 시대에서 무기가 하나인 건 충분치 않은 것 같다.

게다가 2020년에는 코로나19 사태가 터졌다. 이 사태는 우리가 그나마 가지고 있던 안정성에 대한 마지막 환상마저 박살 냈다. 100세까지 산다는데, 그러면 내 수명 기한인 2090년까지 또 새로운 코로나가 오지 않으리란 법은 없으니까.

그래서 번아웃은 지금 모든 일하는 사람들이 놓여 있는 시대적 현상이다. 안정적인 기업에 취업해도 산업이나 환경의 안정성이 확실히 담보되지 않고, 그것이 담보된다고 해도 조직에서의 내 수명이 보장되지 않고, 얼마 되지 않는 확률로 조직 내 승자가 된다고 해도 퇴사 후의 삶은 막막하다. 이 아슬아슬한 환경 위에 쌓아 올리는 커리어는 모래 위 깃발 같아 늘 불안하다. 더 열심히 하면 괜찮다는, 노력은 배신하지 않는다는, 일이 잘 안 되는 건 환경 탓이 아니라 네 탓이라는 자기 계발서적 일침은 우리를 번아웃에 빠지게 하는 결정타다. 이게 다 내 탓이니까.

번아웃이 이렇게 보편적인 증상이 된 게 허탈하고 무섭다. 모두 고함을 지르며 앞으로 뛰는 경주에 얼떨결에 참여하게 된 기분이다. 길가에 앉아 한가롭게 해찰을 즐기고 있었는데 동네 사람들이 다 고함을 지르며 앞으로 내달리고 있다면? 무슨 일인지 몰라도 일단 같이 뛰게 된다. 뭐야? 무슨 일이야? 누가 쫓아와? 부질없는 질문을 내뱉으며. 언젠가부터 경주가 되어버린 이 게임에 대해 생각해보려면 일단 멈추어 서야 한다.

고작 한 걸음 잘못 내디디는 것이 그토록 겁났던 이유

대학 시절 영어를 배우겠다고 1년간 캐나다 토론토에서 지낸 적이 있었다. 토론토에서 지하철을 타면 늘 노숙자를 만났다. 내가 타는 정류장 입구에도 있었고, 학교 앞 정류장에도 있었다. 그중 한 명은 매일 내게 인사를 건넸다. 가로등이나 쓰레기통 옆에 반쯤 기대앉은 채였다.

"How beautiful girl!"

한국에서는 알아봐주지 않는 내 미모를 캐나다에서는 알아봐주는구나! 그의 쾌활한 인사는 캣콜링 같지 않았다. 비록 지독한 냄새가 나고 손은 늘 까맣게 무언가에 절어 있었지만, 언제나 조금 신나 있는 그의 모습 때문에 덩달아 기분이 좋아지기도 했다. 한 번은 그가 내 손에 들린 책을 알아봤다. 페미니스트 작가 케이트 쇼팽의 『각성』이었다. 그는 자기도 대학을 나왔다고 했다.

"Believe or not."

나는 믿는다고 답했다.

서울역에서 노숙자를 볼 때면, 내가 느끼는 불안의 기원을 더듬어 올라가다 보면 종종 그가 생각난다. 그와 나 사이가 짐작보다 멀지 않다는 생각이 들었다. 사회의 궤도에서 이탈하기가 얼마나 쉬운가 생각하면 불안함이 밀려온다. 지금 내가 서 있는 곳이 정말 안전망 안인지. 경계선이 흐릿한 안전지대에서 춤을 추고 있는 건 아닌지. 한 발만 밖에 내딛어도 폭탄이 빵 하고 터지는 건 아닌지 하는 생각. 힐을 신고 신나게 두드리는 이 바닥이 어쩌면 유리로 만들어진 것일 수도 있다는 상상을 한다. 그 노숙자가 나일 수도 있지 않았을까?

그건 프리랜서라서 가지는 불안감이라기보다 가진 것이 노동력뿐인 계급이기 때문에 느끼는 막막함이었다는 것을 지금은 안다. 막연한 공포가 밀려올 때면 나는 앞으로 내달렸다. 그곳이 출구가 아니라고 해도 달리는 행위 자체가 얼마간 위안을 주었으니까. 생계의 불안정성에 대처하는 방법은 사람마다 다르겠지만, 나는 허기가 진 사람처럼 허겁지겁 일을 했다. 외주를 잔뜩 받아서 쉴 새 없이 일하다 보면 적어도 내가 열심히 하고 있다는 핑계를 댈 수 있었다. (물론 열심히 일한다고 해서 생계가 안정되는 건 아니므로 달리는 행위 자체는 사실 큰 의미가 없다.)

노숙자가 되는 것이 무서웠던가. 사회의 궤도에서 이탈하는 게 그렇게 겁이 났던가. 그럼 허겁지겁 뛰기 전에 무엇이 노숙자를 만드는지 생각해볼 걸 그랬다. 그가 열심히 살지 않은 게 문제였는지, 안전망 없는 사회가 문제였는지. 뛰는 게 힘들어서 그런 생각을 못 했다. 이제는 이왕 숨이 찬 김에 앉아서 그런 생각이나 좀 해야겠다. 다시 길거리에 앉아서. 한가롭게.

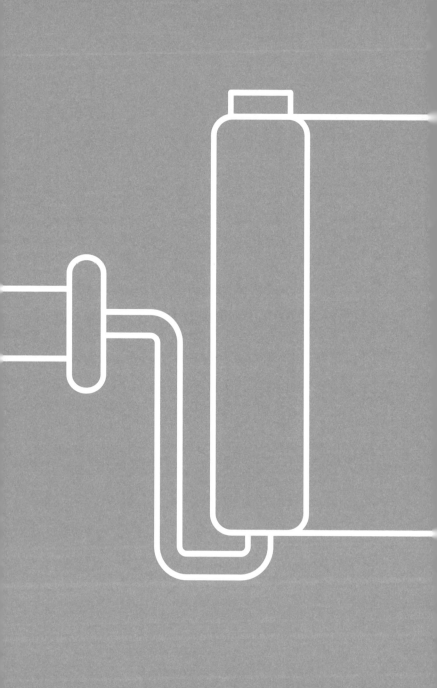

Part4

기승전 치킨집?
아니 기승전
프리랜서!

①
모두가 프리랜서가 되는
시대가 온다

"절대 실패할 수 없는 계획이 뭔 줄 아니? 무계획이야."

영화 <기생충>에서 아버지 기택(송강호)은 그렇게 말한다. 먹고 싶은 거 안 먹고, 입고 싶은 거 안 입고, 잠을 줄여가며 노력하면 종내엔 '내 집 마련'의 꿈을 꿀 수 있었던 기성세대에겐 '무계획이 계획'이라는 기택의 말이 한심하게 들릴지 모르겠다. 하지만 나는 기택의 말에 눈물이 찔끔 났다. 재벌가 딸을 사랑한 나머지 그 집 사모님에게 김치로 귀싸대기를 맞고 여자를 보내줘야만 하는 남자가 나오는 신파 드라마보다, 계획 세울 의지조차 빼앗겨버린 기택의 이야기가 훨씬 슬프다. 엉엉. 기존 신파에는 적어도 달콤한 사랑 이야기라도 있지 않나. 기택의 무계획이야말로 빈부 격차가 역사상 최대치에 달한 신자유주의 시대의 전형적인 신파다.

기택의 '무계획 썰'에 격하게 공감한 사람이 가난한 집안의 중년 가장뿐일까? 나를 비롯한 청년들 대다수도 그것이 무슨 뜻인지 너무 잘 알지 않았을까? 우리는 계획을 신뢰할 수 없는 세대다. 노력이 성과로 돌아오는 걸 경험하지 못했기 때문이다. 좋은 대학을 간다고 대기업에 갈 수도 없고, 커피값 아낀다고 아파트를 살 수도 없으니까. 불과 1년 전에 저 푸른 초원 위 그림 같은 집을 지을 계획을 세웠는데, 한 해가 지나고 나니 초원이 재개발되거나 바다가 되어버렸으니까. 200만 원의 월급을 아끼고 아껴 한 달에 100만 원씩 저금하는 기염을 토했는데, 그 1년 동안 내가 사고 싶었던 집은 1,000만 원이 올라버렸다. 영어 못하면 원서도 낼 수 없다고 해서 겨우 토익을 900점으로 올려두었더니, 980점 밑으로는 1차 서류 전형도 통과할 수 없다. 이쯤 되면 돈 아낀다고 못 먹은 3,000원짜리 마카롱과 토익 공부한다고 못 나갔던 친구들과의 술자리가 아련히 떠오르기 마련. 사랑하는 우리 님과 한평생 살고 싶었던 꿈은 1,000원짜리 자동 로또에 걸어본다. 주식과 부동산을 공부하는 청년들이 늘어나고, 너도 나도 영혼을 끌어모아 집 사기 막차에 올라탄다. 그런 상황에서 계획을 세우기를 포기하는 건 의지가 없기 때문이 아니라 합리적이기 때문이다.

불안이 디폴트, 계획할 수 없는 세대의 출현

청년들은 이미 불안에 익숙하다. 불안이 디폴트값이 되어버린 사회에서 살아남는 방법은 불안을 제거하는 게 아니라 슬프게도 '불안에 익숙해지는 것'이다.

불안을 제거하기 위해서 우리는 끊임없는 자기 착취에 시달리거나(이명박도 하루에 세 시간만 잤다니까 내일부터 세 시간만 자겠다), 이상주의자가 되거나(그래도 선한 마음은 이긴답니다), 타조처럼 모래 속에 얼굴을 처박고 외면하는 방법을(잘 모르겠고 어떻게든 되겠지) 택한다. 그러나 어느 방법도 불안을 근본적으로 없애지는 못한다.

이런 시대에 '공시생'만큼이나 프리랜서가 늘어나는 이유는 뭘까? 일차적으로는 우리에게 '안정'을 보장하는 회사나 조직, 그리고 그곳에서 제공하는 일자리가 줄었기 때문에 벌어지는 불가피한 결과이지만, 한편으로는 청년들이 더 이상 기성세대의 '안정'을 구하는 데 목매지 않기로 선택한 결과인지도 모른다. 이왕 불안에 무릎까지 젖어버렸으니 에라 모르겠다 물로 뛰어드는 마음만으로 그 선택을 해석하는 것은 부족하다. '직업'과 '노동'에 부여하는 의미와 기대하는 보상이 달라지고 있는 것이 프리랜서가 늘어나는 현상의 한 원인은 아닐까?

이 시대의 직업과 노동, 그리고 인정이란

계획할 수 없는 세대에게 직업과 노동은 더 이상 삶의 안정을 담보하는 장치가 아니다. 우리는 평생 안정적인 직장이 판타지라는 것, 게다가 그 불안정한 직장에 들어가기 위해 지불해야 하는 대가가 너무 크다는 걸 이미 알아버렸다. 10년 후 혹은 20년 후 남아 있을지 아닐지 알 수 없는 회사에 들어가기 위해 4년제 대학을 나오고, 토익 점수를 올리고, 어학연수에 몇천만 원을 들여야 한다. 그래서 그렇게 들어가면? 내가 들어간 회사가 너무 튼튼해서 내가 죽기 전까지는 망할 걱정이 없다고 호언해본다고 해도, 내가 마흔이 넘어가면 그 회사에서는 내 자리를 안정적으로 보장해주지 않는다. 우리는 계속 의심한다. 당신이 다니는 그 회사가 늑대의 입김 한 번에 날아갈 지푸라기 집은 아닐까? 그 집이 벽돌로 지은 튼튼한 집이라면, 당신은 거기서 얼마나 살 수 있을까? 어쩌면 지금 집을 지을 때가 아니라 내 한 몸 가릴 든든한 외투를 마련해야 할 때가 아닌가?

행여 운이 좋아 이 시대의 멸종위기종 같은 공무원이나 공공기관 직원 같은 '안정'적인 직업을 갖게 되더라도, 기성세대의 안정을 누리기 위해 감내해야 하는 것이 너무 많다. 그런 조직의 생활이란 대부분 보수적인 문화, 낮은 임금, 반복적이고 지루한 업무로 이루어져 있다. 그런 삶을 살다 보면 심지어, 내가 조직 없이는 아무것도 아닌 사람인 것처럼 느끼게 된다!

내가 운영하는 '언젠가, 프리랜서'라는 독서 모임에서 건실한 전자제품 유통회사 과장인 A를 만난 적이 있다. 근속한 지 11년 차인 그의 주 업무는 경기도 한 지역의 가맹점 관리였다. 일은 지루하고 고되었지만 급여와 복지 수준은 좋았다. 다만 그는 10년 넘게 같은 일을 반복하면서 가맹점 관리밖에 할 수 없는 사람이 되었고, 회사에서 좀 더 가맹점을 쥐어짜라고 한다고 해서 항의할 수도 없게 되었다고 했다. 전문성을 가진 일이 아니었기에 독립도 할 수 없었고, 연봉을 낮추지 않는 이상 아직도 힘들었다. 그런 자리에 있는 사람은 회사의 부당한 요구나 절차에 대해 목소리를 내기 어렵게 된다. 내가 보기에, 그것은 그가 안정을 위해 치르는 대가였다.

밥벌이 이상의 내 일을 지키기 위해

프리랜서를 선택하는 청년들에게 직업과 노동의 의미는 주체성과 자율성, 독립성에 가깝다. 이들에게 일은 '자아실현의 도구'이자 사회적 인정을 위한 증거다. 적어도 굶어 죽을 일은 없는 세대의 새로운 니즈이건 불안을 안고 사는 세대의 자의 반 타의 반 니즈이건, 어쨌건 현실이 그렇다.

먹을거리가 없던 시절 그저 살아남기가 최우선이었던 이전 세대에게는 배부른 소리처럼 들릴지도 모르겠다. 하지만 2020년의 대한민국에서 청년들이 일자리를 고르는 조건으로 '밥벌이' 이상의 무엇을 찾는 게 무리한 요구 같지는 않다. 일하는 시간을 단순히 '나 죽었다'라는 생각으로 버린 셈치기에는 우리는 너무 긴 시간 동안 노동자로 산다. 우리는 자신의 창의성을 펼칠 수 있는 일이나, 명예로운 일, 재미있는 일을 하고 싶지만 조직 안에서 그런 일을 찾으면 '놀러 왔냐', '네가 좋아하는 일만 할 수 있냐'는 평을 듣는다.

그러니 프리랜서로 살기로 선택한다는 것은 스스로 자신의 커리어를 조금씩 연결해 나가고자 하는 것이고, 그 일을 계속할 수 있는 환경을 탐색하겠다는 것이기도 하다. 이를테면 오지선다의 객관식 시험 대신 문제만 주어지고 답은 서술형으로 작성하는 시험을 택한 거나 다름없다고나 할까. 물론 한 문장 한 문장을 덧대는 건 본인이 해야 하는 몫이기에 같은 답은 나오지 않는다. 자신이 찍은 점을 어떻게든 연결해 새로운 그림을 그릴 수 있다는 점에서 프리랜서는 청년들에게 더 매력적인지도 모른다.

프리랜서가 노동의 미래라는 판타지 너머

하지만, 지금 이 시대에 '안정'이 점점 희귀한 가치가 되어가고 있다고 해서, 그리고 우리 세대가 직업과 노동에 다양한 가치를 부여하고 있다고 해서 사회적으로 안정을 보장해주지 않아도 된다거나, 우리 삶에 안정이 필요하지 않다는 의미는 아니다.

이것을 잘 구분해야 한다. 왜냐하면 불안정이라는 시대

적 경향을 '유연성'이라는 이름으로 그럴듯하게 포장하는 흐름이 있기 때문이다. 유연성의 반대편에 안정성이 있는 것은 아니다. 유연한 노동을 안정적으로 추구할 수도 있다. 그러나 때로 어떤 기업들은 노동의 유연성과 독립성을 준다고 포장하며 사용자가 보장해주어야 할 안정성만 제거하기도 한다. 더 이상 고정적인 노동력이 필요하지 않은 기업이 자신의 이윤을 높이고 노동자를 다른 자본처럼 쉽게 부리기 위해 고안해낸 '프리랜서'는 판타지인 경우가 많다.

예를 들면, 『직장이 없는 시대가 온다』에서 저자 새라 케슬러는 미국의 독립계약자인 우버 드라이버들의 실상을 밝힌다. 우버에 의해 자유로운 노동과 고임금을 보장받는 듯 홍보되었던 우버 드라이버는 실제로는 고강도 노동과 평점 스트레스에 시달린다. 최소 수익을 보장받기 위해 아무 손님이나 받아야 하고, 회사가 손님 '거절을 거절'한데다 사실상 영업이 되는 시간에 나오는 게 유리하기 때문에 자유롭지도 않다. 게다가 독립계약자이기 때문에 아프거나 다쳐도 회사로부터 보상을 받을 수 없다. 택시 회사에 근무하는 드라이버였다면 그는 차와 기름값을 제공받고 난폭한 손님으로부터 피해를 입었을 때 보상을 받고, 아플 때 연차를 쓸 수도 있었을 것이다. 우버 드라이버의 현실은 우리가 떠올리는 프리랜서의 가치인 독립성, 유연성, 자유로움 중 어떤 것에도 들어맞지 않는 셈이다.

한국에서도 청소나 배달, 이사 등의 업계에서 프리랜서들과 이런 식의 계약을 맺는 업체들이 있다. 플랫폼이 있는 분야만의 이야기는 아니다. 프리랜서가 일을 구하기 위해 사용하는 프리랜서 사이트들은 프리랜서에게 수수료는 많이 떼어가면서 그들이 클라이언트로부터 입는 불이익에 대한 보상은 보장해주지 않는다. 이런 식이라면 미래의 프리랜서는 점점 더 열악한 상황에 놓이게 될 것이고 노동 인구 대부분이 프리랜서가 될 것이라는 예측은 모두가 강제로 노동의 기반을 잃게 될 것이라는 비관적 경고로 들어야 할 것이다. 자유로운 노동이 진정 자유롭기 위해서는 그 자유의 바닥에 매트리스가 깔려 있어야 하지 않을까.

모두가 프리랜서가 되는 시대가 정말 올 거라면, 정부는 그에 상응하는 제도를 마련해야 한다. 한병철 교수는 『심리정치』에서 이렇게 말했다.

"자유의 감정은 일정한 삶의 형태에서 다른 삶의 형태로 넘어가는 이행기에 나타나 이 새로운 삶의 형태 자체가 강제의 형식임이 밝혀지기 전까지만 지속될 뿐이다."

프리랜서니까, 더더욱 계획이 필요해

프리랜서의 미래가 어떻게 될지 함부로 예측하기는 힘들다. 어쩌면 기본소득이 실현되어 최소한의 안정성과 나의 점들을 멋지게 연결해볼 만한 자율성이 동시에 보장되는 환경에 놓일지도 모르겠다. 혹은 교묘한 계약들로 사실상 자유를 박탈당하면서 임금은 더 낮고 복지는 꿈도 못 꾸는 프리랜서가 많아질지도 모르겠다. 어떤 방향으로든 프리랜서의 세계는 오고 있다.

그러니 우리, 계획할 수 없는 운명이라고 할지라도 계획을 짜자. 먼저 해야 할 일은 자신의 커리어를 위한 그림을 그려보는 일이다. 명심할 것은, 스케치한 후에 지우개로 지우고 물감을 덧대게 된다고 해서 스케치 자체가 의미 없는 일은 아니라는 점이다. 변화하는 세상의 새로운 기회와 위기로 우리의 커리어 계획은 계속 바뀌겠지만, 지금 가지고 있는 자원을 바탕으로 내가 꿈꿀 수 있는 커리어가 무엇인지 단계를 그려보는 것이 좋다. 자신의 브랜드를 만들고 언젠가 오프라인 매장을 열어보겠다거나, 대학원이나 자격증 공부를 좀 더 해서 그 분야에서의 전문성을 키워보겠다거나, 커리어 분야를 본격적으로 전향해보겠다는 포부도 좋다.

둘째는, 시류에 편승해 이익을 취하는 조직과 세력을 경계하고 새로운 노동에 걸맞은 정책과 법안을 세우도록 정부에 촉구하는 계획이다. 독립된 노동자로 살고 싶은 개인의 욕망을 이용해 노동 단가를 낮추고 불공정 계약을 하려는 움직임은 꾸준히 있었고 앞으로 더 확대될 것이다. 우리에게는 시민의 투표권과 소비자의 지갑이라는 훌륭한 무기가 있다. 이런 흐름을 경계하지 않는다면 앞으로 다가올 '모두가 프리랜서인 시대'는 자신을 주인으로 착각하는 노예로 가득 찬 디스토피아가 될지도 모른다. 실패할 수도 있다. 그렇다고 계획을 세우지 않아야 한다는 뜻은 아니다. 기택은 계획이 없어서 실패는 하지 않았을지 몰라도, 성공 역시 못할 것이다.

코로나19,
프리랜서를 덮치다

2020년, 안 그래도 불안정한 프리랜서들은 더 불안해졌다. 코로나19 때문이다. 만약 과거의 내가 시간의 틈에서 2020년의 풍경을 볼 수 있었다면, 전 세계인이 마스크를 쓴 이 괴이한 광경을 뭐라고 상상했을까? 서울의 휑한 거리와 아무도 오지 않는 영화관과 세 시간에 한 번꼴로 울려대는 재난 문자를 어떤 이야기로 꿰어 맞출 수 있었을까? 2020년은 누구도 예상하지 못한 방향으로 재난의 해가 되었고, 우리는 다 같이 피해자가 되었다.

재난은 모두에게 평등하지 않다

너도 힘들고 나도 힘들고 우리 모두가 힘든 상황에서는 서로가 서로를 더 잘 돌봐줄 것 같지만, 사실 역사적으로는 모두가 힘든 상황일수록 사회는 약자에게 더 가혹했다. 여성이 그중 일부임은 말할 것도 없다.

가까운 예로 1990년대 말 IMF 외환위기 때를 생각해볼까? 당시 해고 1순위였던 여성의 문제는 '가장'이라는 타이틀을 가진 남성 노동자의 해고에 밀려 이슈가 되지 못했고, IMF 이후 여성 비정규직 비율은 69%로 치솟았다. 통계청 자료에 따르면 IMF 직후 남성 비정규직 대비 여성 비정규직 비율은 1.7배였다. 2008년 글로벌 금융위기 때도 상황은 반복되었다. 2009년 상반기 취업자는 남녀 모두 감소했지만, 감소분 중 여성이 차지한 비율은 무려 75%였다. 사라진 일자리의 대부분은 여성의 일자리였던 셈이다. 즉, 사회적 상황이 어려워졌다고 해서 그 무게를 모두 똑같이 진 건 아니었다. 한국 사회는 약자의 어깨를 짓누르며 아무렇지 않은 듯 다음 시대를 살아나갔다. 코로나 시대라고 다를까?

다들 '코로나 때문에 망했어'라고 말하지만 사실 코로나 시대가 왔다고 모두 '똑같이' 망하고 있지는 않다. 재난 상황

속에서 계급, 젠더, 인종의 불평등은 더 심화된다. 2020년 5월 『경향신문』에는 이런 제목의 기사가 실렸다. "코로나에 여성노동자는 해고 0순위, 재난 속 '여성고용 잔혹사'"

통계청의 발표에 따르면 2019년 대비 2020년 여성 취업자는 3월에 11만 5천 명, 4월에 29만 3천 명 감소했다. 남성 취업자가 3월에 8만 1천 명, 4월에 18만 3천 명 감소한 것보다 큰 폭이다. 특히 여성 노동자가 많은 서비스 업종에서 해고가 줄을 이었다.

재난은 계급 사다리를 내려갈수록 더 비극적이다

여성 노동자들 중에서도 독립계약자나 비정규직, 간접 고용 형태로 일하는 사람들은 재난으로 인한 피해를 더 많이 보고 있다. 통계청에서는 2020년 3월에 요양, 돌봄, 급식, 청소, 서비스 분야에서 일하는 40~60대 중년 여성의 해고가 50~60% 급증했고, 총 11만 5,000여 명이 실직했다고 밝혔다. 이들은 모두 계약직이거나 프리랜서 같은 독립계약자였다. 모두가 불행해지는 시기에는 '너도 힘들지, 나도 힘들어' 정서 때문에 모두가 똑같이 힘들다며 불행이 하나로 뭉쳐지기도 하지만, 불행 밑에는 더 깊은 불행이 있다.

　노동으로 셈해지지 않는 돌봄 노동의 의무가 여성에게 지워지는 것도 재난으로 인한 피해가 약자에게 떠넘겨지는 대표적 사례다. 유치원이 문을 닫자 아이들은 집으로 돌아갔고, 아이들을 돌보는 일은 대부분 여성에게 맡겨졌다. 독립 계약자로 일하는 여성 노동자 중 많은 이들이 '언택트'가 불가능한 업무를 맡고 있다는 것도 문제다. 요양보호소나 병원에서 노약자나 환자를 돌보는 업무를 예로 들 수 있다. 돌봄 노동자라고 코로나가 무섭지 않을까? 사회적 자본이 없는 이들은 더 많은 위험을 지고 노동 현장으로 나가야 했다.

　미국 트럼프 대통령을 비롯해 이란의 마수메 엡테카르 부통령, 이탈리아 민주당 니콜라 진가레티 대표 등의 정치인, 배우 톰 행크스 같은 유명인도 코로나에 걸리면서 '코로나는 부자와 빈자를 가리지 않는다'는 이미지가 생겼지만, 코로나라는 재난의 영향은 단순히 '병에 걸렸거나 걸릴 수 있다'에 그치지 않는다. 재난 상황에서 일상성을 잃지 않으려면 최소 생계를 유지할 만한 저축이 있거나, 하던 일을 다른 방식으로 할 수 있는 기술이 있거나, 개인을 보호할 만한 조직의 울타리가 있어야 하기 때문이다. 사회적 자본이 없는 계층은 코로나 시대를 견뎌내는 데 더 많은 참을성이 필요하다.

코로나는 여성에게 더 가혹했고, 저소득층에게 더 폭력적이었다. 생계비를 충분히 저축해두지 못하거나 의지할 수 있는 네트워크가 없는 프리랜서에게 이 시기는 더 힘들다.

더 이상 '언젠가'를 기약할 수 없는 노동

내 주변에도 일감을 잃은 사람이 많다. 나도 예외는 아니다. 코로나가 퍼지기 시작한 지 얼마 되지 않았을 때는, 어쩌면 이 상황이 몇 달 안에 끝날 수 있을지도 모른다는 기대가 있었다. 약속은 '코로나 끝나면 보자'는 말로 미뤄졌고, 여러 프로젝트도 '상황이 나아지면 추진하자'며 연기되었다. 마스크 잘 쓰고, 사회적 거리두기 잘 하면 '언젠가' 끝나지 않을까? 그러나 사회적 거리두기가 반년 넘게 계속되고 있는 지금은 '언젠가'라는 말이 참 부질없게 들린다.

내 주변의 여행이나 공연 업계에서 일하던 프리랜서들은 다른 일을 구하기 시작했다. 바르셀로나에서 프리랜서로 여행 가이드를 하던 친구가 한국에 돌아온 지도 반년이 넘었고, 현대무용 안무를 짜는 일로 생계를 유지하던 친구도 마지막 일감이 들어온 지 3개월이 지났다. 여행 작가로 살던 친구는 온라인으로 가상 여행을 하는 프로그램을 만들어 에어비앤비나 프립 같은 플랫폼에서 강사로 활동하려고 하지만, 생계를 유지할 만큼 버는 것도 쉽지 않다. 그리하여, 그들은 기술이 없어도 아무나 할 수 있는 단순한 단기직 아르바이트를 구한다. 편의점을 지키고, 건물 로비에서 체온을 측정하고, 한여름의 공사장으로 나간다. 자전거와 전동 킥보드를 사서 음식 배달을 시작한다. 그마저도 아르바이트가 귀한 요즘에는 경쟁이 치열하다. 이런 단기간 아르바이트들은 당연히 소득이 높지 않고 불안정하며 위험 요소가 많다. 이들은 코로나가 지속될수록 더 큰 위험을 향해 걸어갈 수밖에 없다.

프리랜서 고용안정지원금은 답이 될 수 있을까?

코로나 상황이 심각해질수록 자신의 전문 분야가 있다고 여겼던 프리랜서들도 '그것을 과연 전문 분야라고 말할 수 있을까?' 혹은 '나의 쓸모는 무엇일까?'라는 질문 속에서 산다. 평생 드럼 치는 일을 하고 살았지만 그게 정말 '대체 불가능한 전문' 분야였는지, 영상 찍는 일을 업으로 삼아왔지만 그 기술 하나로 남은 삶을 살아갈 수 있을지 묻게 된다. 이런 질문은 단순히 프리랜서에게만 국한된 질문은 아니다. 코로나로 인해 직격탄을 맞은 여행·관광업에서 일하던 직장인들역시 이 세계에 안전지대는 없다는 걸 확인하게 되었을 것이다. 이번 팬데믹에서 타격을 입었던 건 사람을 대면해야 하는 업계 종사자들이었지만, 다음 팬데믹의 모습은 어떨지 누구도 알 수 없다. 중요한 것은 사회가 위기에 빠졌을 때 살아남는 방법이 아니라, 누군가 위기에 빠졌을 때 그 사회가 그사람을 보호할 수 있을 만한 시스템을 갖췄느냐이다.

정부에서는 재정을 풀어 국민을 도우려 하고 있다. 전국민에게 재난지원금을 지급하는 것 외에도 소상공인을 위해 저리 대출을 확장하고 월세를 지원하며, 프리랜서를 위해서도 고용안정지원금을 풀었다. 하지만 프리랜서가 지원금을 받으려면 자신의 소득이 지난 몇 개월간 줄어들었다는 것을 증명해야 했고, 사업자가 없는 사람에게는 지원금이 제한되는 등의 정책 내용은 프리랜서에 대한 정부의 이해가 얼마나 떨어지는지를 알게 해주기도 했다.

코로나로 인한 피해의 정도가 계급, 젠더, 인종 등에 따라 달라졌다면 그에 따른 지원 정책 역시 다르게 설계되어야할 것이다. 앞에서 말했던 것처럼 지금 코로나로 인해 피해를 가장 크게 받은 곳은 여행이나 행사와 같이 대면 접촉이

활발한 분야와 고용보험 따위의 보호를 받지 않는 독립계약자이겠지만, 다음 팬데믹은 어떤 모습으로 어떤 분야를 겨냥할지 알 수 없다. 누구도 '다음 피해자는 나일지도 모른다'는 마음으로 살고 싶지는 않을 것이다. 정부는 더 깊숙하고 적극적으로 개입해야 하며, 그 지원의 모습은 결핍 상태에 놓인 이들을 우선적으로 배려하는 형태여야 한다.

프리랜서이자 '시민'으로 할 수 있는 일

올해 초, 프리랜서 몇몇이 모인 자리에서 총선에 대해 대화하다 이런 이야기를 들은 적이 있다.

> "저희 지역구에 후보로 나온 청년 정치인을 만났는데요. 프리랜서들의 권익 문제에 대해 관심이 많으시더라고요. 공약에도 있고요. 그러니까 더 관심이 가는 거 있죠? 물론 그분도 전략적으로 프리랜서들을 타깃팅한 것이겠지만 일단 말을 뱉었으니 지키려는 노력은 하지 않을까요?"

프리랜서에게 두표권이 있다는 것, 프리랜서를 보호하는 사람에게 지지의 환호를 날릴 준비가 되어 있다는 점을 알려야만 프리랜서를 위한 정책, 프리랜서의 눈치를 보는 정치인도 생긴다. 이번 코로나 사태 때문에 나는 프리랜서에게도 협동조합 따위의 연대가 필요하지 않은가 생각하게 되었다. 혼자 일하는 독립적인 성향이 강한 프리랜서에게는 어쩌면 어떤 형태의 모임이나 단체 활동도 부담스럽게 느껴질 수 있겠지만, 함께하지 않으면 코로나 시대는 물론이고 앞으로도 프리랜서의 문제는 뒤로 미뤄질 수밖에 없으니까. 모두가 있는 힘껏 소리를 지르는 사회에서, 조금이나마 귀에 들릴 만한 소리를 만들어내려면 역시 합창을 해야 하는 게 아닐까?

제2 혹은 제3의 코로나는 분명 또 올 것 같다. 그 규모나 모습이 달라질지라도 말이다. 재난 상황에서 우리는 한 꺼풀 벗겨 낸 우리의 민낯을 본다. 내 앞의 빵은 나만 먹기에도 너무 부족해 보이고, 내 주머니는 형편없이 얇은 것만 같다. 그러나 이런 상황에서도 우리는 낭만적이게도 어떠한 인간성을 기대한다. 그리고 사회에는 그러한 낭만성을 지켜줄 제도와 시스템이 있어야 한다. 제도와 시스템을 뒷받침하는 것은 모두의 합의이고, 그런 합의는 '그 사람이 내가 될 수도 있다'라는 잠재적 가능성에 대한 인식에서 나온다.

어쩌면 다음 팬데믹 때 일자리를 잃는 사람은 당신일 수도 있다. 그때 사회가 당신의 이야기를 들어줄까? 지금, 당신은 코로나로 인해 더 많은 피해를 본 사람들의 이야기를 들어주고 있을까?

③

프리랜서를 위한
나라는 있어야 한다

"그래서? 너는 이쪽이야, 저쪽이야?"

제도권 교육 아래서 삐뚤어지지 않고 잘 자란 나는, 언젠가
내가 가장 많이 듣게 될 질문이 이것일 거라고는 상상하지
못했다. 언제나 반듯하게 그려진 금 안에서 머물렀던 내게
던져지는 질문은 대개 객관식이었고, 나는 네 가지 답안 중
하나에 동그라미를 치면 그만이었으니까. 대학은 여기가 좋
겠니, 저기가 좋겠니? 국어국문학이 좋겠니, 신문방송학이
좋겠니? 금융회사가 괜찮니, 제조회사가 괜찮니? 그러나 언
제부터인가 나는 이쪽 사람도, 저쪽 사람도 아닌 사람이 되

어버렸다. 자영업자도, 직장인도 아니었고 헤테로도 레즈비언도 아니었고, (타이틀을 갖고 있기는 하지만) 남들이 생각하는 '대표'라고 하기에도 좀 그렇고 그렇다고 그냥 직원도 아니었다. 잘 그어진 금의 주변을 얼쩡거리며 상황에 따라 이쪽이라고, 가끔은 저쪽이라고 답하곤 했다. 그러면 이쪽 사람은 저쪽 사람보다 나를 더 이상하게 봤고, 저쪽 사람은 이쪽 사람보다 나를 더 경계했다. 예로부터 한국에서 가장 위험한 종자는 '이쪽도 저쪽도 아닌' 것들이다.

이쪽도 저쪽도 아닌 노동자들

프리랜서야말로 '이쪽도 저쪽도' 아닌 노동자다. 노동의 형태가 너무 다양하기 때문에 프리랜서란 말은 사실 특정 노동 형태를 제외한 나머지 '여집합'을 통칭한다. 사업자등록증을 가지고 가게를 운영하면 '자영업자'로 분류되고, 보험 설계사나 학습지 교사처럼 산업재해보상보험법의 보호를 받으면 '특수고용직'에 해당된다. 헤어디자이너나 학습지 교사는 사례에 따라 피고용인이나 독립계약자로 보기도 한다. 프리랜서에 대한 담론이 많이 늘어나고 있는 것과는 별개로, 정부에서는 여전히 프리랜서에 대한 명확한 정의나 구분을 하고 있지 않다. 그건 프리랜서를 하나의 노동 형태로 보기보다 '회사에 들어가기 전 하는 일' 혹은 '주부들이 부업으로 하는 일', '임시로 하는 일'로 보는 사회문화적 인식 때문이기도 하다. 학습지 교사를 하는 건 무엇인가를 '준비 중인 상태' 혹은 '완성되지 않은 상태'로 치부되고, 보험 설계사는 '아줌마들이 남는 시간에 하는 일' 정도로 폄하된다.

"아무렴 어때, 굳이 내 노동 형태에 이름을 붙여야만 해?"

붙이지 않고도 살 수 있다면 얼마나 좋을까. 그러나 명명된다는 것은 노동 분야에서만 아니라 사회 전반에서 너무나 중요한 문제다. 살다 보면 '구분'이 곧 '자격'이 되는 경우가 있다는 것을 뼈저리게 느낀다. 이름을 붙이지 않은 자는 흔히 없는 자 취급을 당한다.

예를 들면, 이런 경우는 흔하다.

"신용카드를 만들려고 카드 회사에 전화했는데 프리랜서라고 하니까 안 된다는 거 있죠?"
"프리랜서는 신용카드를 못 만든다고 해요?"

"네! 진짜 황당하죠. 그래서 내가 사업자도 있고 사무실도 있다고 했더니 그럼 된대요."

"사업자 있는 프리랜서는 되고 없는 프리랜서는 안 된다는 거네?"

"제가 전에 다니던 회사 망한 거 알죠? 그렇게 부실한 회사 다닐 때는 카드 잘 만들어주더니 10년 동안 연체 한 번 안 했는데 카드 안 만들어준다는 게 말이 되나요?"

어떤 프리랜서가 한 하소연이다. 프리랜서는 신용카드 발급은 물론이고 대부분의 은행 업무 앞에서 어깨가 쪼그라든다. 평범한 회사원과 평균적으로 비슷한 급여가 들어와도, 그 급여가 오히려 회사 다닐 때보다 많아도 은행은 웬만해선 대출을 해주지 않는다. 오죽하면 퇴사자에게 전하는 꿀팁에 '퇴사 전 대출 땡기기'가 꼭 들어가 있을까?

물론 프리랜서가 들쭉날쭉한 수입 때문에 돈을 빌려주는 은행에게 신용을 얻기 어렵다는 점은 어느 정도 이해할 만하다. 금융 시장에서 프리랜서는 담보 없고 불안정한 소비자인 것이다. 그러나 문제는 정부가 주는 대출 혜택에서도 프리랜서는 예외라는 점이다. 왜일까? 프리랜서는 노동자이자 시민인데?

소득과 신용 등급이 낮은 서민을 위해 정부에서는 서민금융상품을 제공하고 있는데 그중 가장 대표적인 게 햇살론이다. 몇몇 조건이 맞으면 생계비나 창업비, 운영 자금 등을 저렴하게 대출해준다. 그러나 햇살론을 이용하려면 직장인이나 사업자여야 한다. 4대 보험에 가입되어 있지 않으면 대출 승인이 잘 나지 않는다. 최근에는 기준이 완화되었다고 하지만 프리랜서는 늘 혜택을 받는 줄의 가장 끝에 서 있다. 납세의 의무에서는 자유롭지 못하지만, 정부의 우산 아래에는 잘 들어가지 못하는 셈이다.

인정받지 못하면 지원도 없다

최근 프리랜서를 위한 코로나19 긴급 고용안정지원금 사업을 통해서도 이름 붙여지지 않은 자들, 이쪽도 저쪽도 아닌 노동자들, 기존 카테고리 안에 욱여넣어지지 않는 사람들이 얼마나 정부의 시야에서 벗어나 있는지를 잘 느꼈다.

"프리랜서를 위한 코로나 지원 사업이 떴대!"
"그래? 어떻게 지원해준대?"

"월 50만 원씩 3개월 동안 지원해준대."

"지금 지원하러 갑니다!"

프리랜서들이 모인 카톡방에서 누군가 지원금 신청 링크를
공유했다. 코로나로 위기에 처한 노동자들을 위해 정부에서
는 다양한 지원 사업을 추진하고 있었는데, 영세 자영업자
와 예술인에 이어 프리랜서도 그 대상이 되었다니 마음이 푸
근해졌다. 대단히 큰 금액은 아니더라도 꼬박꼬박 세금을 낸
나를 정부가 잊지 않고 있다는 게 좋았다. 과연, 내 세금이 허
공으로 흩어지는 건 아니었구나!

　정부는 이 지원 사업에서 프리랜서를 '특정한 사항에 관
하여 그때그때 계약을 맺고 집단이나 조직의 귀속을 받지 않
고 자신의 판단에 따라 독자적으로 일을 하는 자'로 정의했다.
꽤 잘 내린 정의지만 사실 이 정의만 가지고 누가 프리랜서
냐 아니냐를 판단하기는 어렵다.

　예를 들어 법이나 가이드라인에 명시되지 않은 직종도
있었고, 한 사업장에서 주 15시간 넘게 일하지만 독립계약
자로서 프리랜서 계약을 맺은 경우, 출퇴근은 하지만 4대 보
험은 적용받지 않는 경우 등에 대해서는 판단하기가 어렵다.
『한겨레』에서는 2020년 4월 29일, 지원금 심사를 맡은 공무

원들이 누구를 프리랜서로 분류해야 할지 몰라 혼란을 빚고 있다는 기사가 나왔다. 또 이 지원 사업에서는 2019년 12월부터 2020년 1월까지 총 50만 원 이상을 번 사람을 프리랜서로 분류하고 있어서 겨울에는 아예 쉬는 직종의 프리랜서들은 지원 대상이 되지 못했다. 봄, 가을 축제를 기획하는 것으로 1년간 먹고사는 사람, 서핑이나 수영 강사여서 여름에 많이 일하고 겨울에 쉬는 사람은 최근 두 달의 수익이 없으면 프리랜서로 인정받지 못하는 셈이었다. 프리랜서로 인정받지 못하면, 정부의 손길도 없었다.

프리랜서는 미래가 아니라 현재입니다

프리랜서로 통칭되는 비정형 노동자가 늘어난다는 이야기는 한국뿐 아니라 전 세계적으로 들린다. 『이코노미스트』는 2019년에 "10년 후 세계 인구의 절반이 프리랜서로 살아갈 것"이라고 전망했다. 통계청은 한국에서 프리랜서 비율은 2017년 기준 7.8%라고 발표했지만, 통계에 잡히지 않은 프리랜서는 그보다 훨씬 많을 것이다. 프리랜서는 테두리가 보이지 않는 흐릿한 안개의 형상을 띠고 있다. 정부에서 이렇게 많은 인구인 프리랜서를 일단 정의라도 하지 않는다면, 그리고 그들의 노동 형태를 이해하지 못한다면 그들을 위한 정책을 세우는 일도 불가능하다.

플랫폼을 이용해 일감을 따는 프리랜서의 영업을 이해하지 못하면 플랫폼 기업의 횡포를 막아낼 수도 없고, 프리랜서의 노동을 주 5일 근무 주말 휴식의 공식으로 파악했다간 디지털 노마드나 주말 특수 근로자들이 정부의 손가락 사이로 빠져나간다. 이번 코로나19 지원 사업의 대상을 '올해 소득이 지난해 연말보다 줄어든 자'로 정하는 바람에 많은 프리랜서들이 지원을 포기했다. 프리랜서의 특성상 소득이 다달이 생기기보다 프로젝트가 끝난 후에 일괄적으로 생기는 경우가 많고, 따라서 12월에 끝난 프로젝트의 외주비는 대개 1월에 들어오기 때문이다. 지난 몇 달간 일한 외주비를 1월에 받은 프리랜서는 실질 소득이 줄어들었다고 해도 혜택을 받을 수 없었다. 정책 제안자가 프리랜서의 소득에 대한 이해가 적은 탓이다.

그러므로, 프리랜서 관련 제도 개선을 위해 가장 먼저 필요한 부분은 프리랜서의 현황 파악이다. 프리랜서가 누구인지, 이들은 어떤 모습으로 일하고 있는지, 고용보험에 가입된 이는 얼마나 있고, 사업자를 가진 이들은 얼마나 있으며 성비는 어떻고 소득 수준은 어떤지, 일하는 곳은 어디이며 어떤 플랫폼을 통해 소통하는지 정부가 주도적으로 나서서 조사해야 한다. 프리랜서조차 자신의 분야를 제외하고는 다른 프리랜서들이 어떻게 일하는지 알 수 있는 채널이 없다. 정부 차원에서 프리랜서의 실태를 유형별, 업종별, 지역별로 면밀하게 파악해야 한다.

또한 앞에서 말했던 것처럼 여성 노동자가 남성 노동자에 비해 재난 상황에 훨씬 취약한 점, 비정형 노동 중에서도 질 낮은 노동의 대부분을 여성이 감당하고 있다는 점을 감안하여 제도를 만들어야 한다.

프리랜서와 비정형 노동, 밀레니얼과 Z세대의 노동 형태에 대해 늘 궁금한 점이 많다 보니 관련 세미나와 포럼이 열리면 쪼르륵 달려가 뒷자리에 앉곤 한다. 이런 주제에 관심을 갖는 게 나뿐만은 아닌지라 다양한 단체에서 자주 자리를 마련한다. 하지만 당사자가 빠진 채 학자들만이 모여 프리랜서에 대해 '추측'하는 우스운 풍경도 종종 봤다.

"제가 배달업 프리랜서들을 만나서 심층적으로 이야기해봤는데요. 그들은 직업 만족도도 대단히 높고 보수도 진짜 높아요. 월 300만 원도 거뜬하다고 이야기하더라고요."

"비정형 노동자들을 위해 무언가를 해주겠다라는 태도는 버리는 게 좋을 것 같아요. 그들은 새로운 노동을 만들어가고 있어요."

한 교수가 40명을 심층 인터뷰한 결괏값을 보여줬는데, 비정형 노동자의 평균 연봉은 무려 4천만 원이었다. 그중 두세 명의 유튜버 연봉은 몇억 원대에 이르렀다. 어느 나라 이야기인가 싶었다. 그 세미나를 프리랜서들에게 생중계해주고 싶은 심정이었다. 당사자가 빠진 채 프리랜서가 누구인가에 대한 논의가 진행된다면 이렇게 현실과는 한참 거리가 먼 결론이 나온다. 프리랜서에 대한 조사를 제대로 하기 위해서는 당사자와 함께해야 한다.

노동자를 기본값으로 놓고 본다면

프리랜서가 노동자냐 아니냐를 이야기할 때도 모든 조건을 충족해야만 노동자로 인정해주는 지금의 논리에서 벗어나, 몇몇 조건만 맞아도 노동자로 인정해주는 제도로 나아가야 한다. <큰일여>에서 프리랜서의 노동권을 다루기 위해 김

민아 노무사를 초대했을 때 미국 캘리포니아의 사례를 들었다.

> "한국에서는 노동자로 인정받아서 노동법 보호를 받으려면 모든 조항에 다 들어맞아야 하거든요. 그런데 캘리포니아에서는 기본적으로 모든 사람을 노동자로 보고, 모든 조항에 들어맞지 않아야 프리랜서로 봐요. 시작하는 지점이 다른 거죠."

캘리포니아에서는 플랫폼 노동 종사자를 보호할 수 있는 AB-5 법안이 통과되었다. 이제까지는 노동자가 자신이 노동자임을 증명해야 했지만, 캘리포니아에서는 노동자를 고용하는 사람이 노동자가 프리랜서임을 증명해야만 한다. 그렇게 하지 못하면 최저임금, 산재보상, 실업보험, 유급병가 등 근로자의 권리를 보장해주어야 한다. 한국에서도 전 국민 고용보험을 목표로 자영업자, 예술인을 시작으로 점진적으로 고용보험을 확대하고 있다.

프리랜서에 대한 광범위한 연구가 진행된다면 이들에게 맞는 복지의 형태 또한 고려해봐야 한다. 프리랜서를 노동자로 인정하고 기존의 보호법 안으로 포섭하는 방법도 있지만, 제3의 영역을 만들어 새로운 복지와 제도를 마련하는 것도 방법이다.

미국 뉴욕시에서 제정한 '프리랜서 보호법'을 참고할 수 있을 것 같다. 프리랜서는 조직에 속해 일하는 노동자로 보기에는 자율성과 독립성이 높고, 그렇다고 조직과 같은 형태의 '회사'로 보기에는 규모나 힘이 작아 임금 체불이나 낮은 임금, 서면계약 미체결 등의 부당한 대우를 받을 가능성이 크다. 이에 뉴욕시는 프리랜서 보호법을 제정해 프리랜서가 업무와 보수 및 지급 날짜 등을 고용주와 사전에 합의할 수 있도록 만들었다. 한국에도 표준계약서가 마련되어 있기는 하지만 계약서의 내용이 모호해 실질적으로는 도움이 되지 않는다. 한국에서는 프리랜서를 노동자로 인정하거나 독립된 회사로 인정하는 두 방향만 논의되고 있는 듯하지만, 프리랜서라는 제 3의 영역을 규정하고 그에 맞는 보호법을 제정하는 방향이 더 미래지향적이다.

프리랜서로 퉁쳐지는 비정형 노동자들이 늘어나면 당연히 그에 대한 제도나 법안도 갖춰져야 하겠지만, 몸집이 큰 정부 기관은 늘 걸음이 느리다. 다행히 최근 정부는 프리랜서를 위한 육아휴직과 실업급여를 마련하는 방안을 추진하고 있다. 정부가 조금 더 빨리 걸을 수 있도록 박수와 환호를, 가끔은 탄원과 질책을 보내려면 프리랜서들이 목소리를 크게 내야 한다. 모두가 자기를 봐달라며 함성을 지르고 춤을 추고 손을 드는 광장에서, 뒷짐 진 선비처럼 고고하게 있는 건 미래의 우리에게도 도움이 되지 않는다. 발끝으로 선 채 손을 쭉 뻗어 고래고래 소리를 질러보련다.

"여기에 있어요! 이쪽도 저쪽도 아닌 사람들!"

④

서로 응답하라! 프리랜서

코로나19가 바꾼 일상의 풍경을 말하라면 첫째로 떠오르는 건 마스크를 쓴 사람들, 그리고 둘째로 떠오르는 건 잠옷 바지를 입고 집에서 일하는 노동자들이다. 코로나19 이후 재택근무가 권장된 바람에, 한 대규모 물류회사 마케팅팀에 있는 내 친구도 추리닝 바지를 입고 집에서 '출근'을 할 수 있게 되었다.

　"회사원! 출근 안 하니까 좋아?"
　"좋은데, 묘하게 안 좋은 점도 있어."
　"뭔데?"

"분명 메신저에는 직원들 다 들어와 있는데 이상하게 혼자 일하는 기분이 들어."

"혼자 일하면 좋은 거 아냐?"

"내가 늙어서 그런지 누가 일하는 모습을 보면서 일하는 게 좋더라."

"어이구, 좀 더 가면 회식도 그리워하겠어?"

그는 출퇴근 시간이 들지 않고 편한 복장으로 일해서 좋다고 하면서도, 할 일은 똑같이 많은데 집에 있으니 일을 더 하게 되는 단점도 있다고 했다. 무엇보다 같이 일하는 사람이 눈에 보이지 않으니 어색하단다. 10년 동안 파티션 너머의 누군가와 한 공기를 들이마시는 게 익숙해졌던 걸까?

혼자 하는 일을 선택했다고 안 외로운 건 아니다

회사원들과 다르게 프리랜서인 나는 코로나 사태 이전에도 그렇게 집에서 혼자 일했다. 함께 일하는 사람과는 메신저, 전화로만 연결되었고, 미팅이나 인터뷰 혹은 계약 때문에 드물게 사람을 대면했다. 친구가 물었다.

"넌 그런 거 없어?"

"난 프리랜서잖아. 난 원래 그렇게 일했어."

"맞네. 안 외로워?"

"혼자 일하는 게 외로우면 프리랜서 못 하지."

그렇게 말은 했지만 혼자 일하는 걸 좋아한다고 해서 외롭지 않은 건 아니다. 다만 더 좋아하는 환경을 위해 치러내야 할 대가일 뿐이다. 그러니 어쩌면 프리랜서는 외롭다기보다는 고독한 것에 가까울 듯하다. 외로운 건 타의적이지만, 고독한 건 스스로 선택한 결괏값이니까. 고독해서인지 프리랜서는 계속해서 '나와 비슷한 사람', '나와 일에 대한 이야기를 나눌 사람'을 찾는다.

　　내가 운영하는 프리랜서 독서 모임에는, 모집할 때마다 생각보다 많은 프리랜서가 모여 놀라곤 한다. 어떻게 신청하게 되었냐고 물으면 일에 대한 노하우를 얻고 싶거나, 커리어 계획을 세우고 싶다는 대답도 돌아오지만, 공통된 답변은 '다른 프리랜서를 만나고 싶어서'였다. 같은 프리랜서라고 해도 직업군은 다 다르기 때문에 이곳에 온다고 같은 분야 사람을 만날 수 있는 것도 아닌데 말이다. 그러나 뭐가 중하리오! 당신도 프리랜서고 나도 프리랜서인데! 심리상담가,

가죽공예 아티스트, 범죄분석가, 미술치료사, CM송 제작자가 모여 서로 '프리랜서'라며 반가워하는 걸 보면 귀엽고 재미있다.

> "프리랜서로 일하는 거 힘드시죠?"
> "집에서 일하세요? 저는 공유 오피스에서 일해요. 새로 생긴 데 가보셨어요?"
> "수입이 들쭉날쭉하는 거 정말 관리하기 어렵지 않아요? 재무 포트폴리오는 어떻게 쌓아야 해요?"
> "그쪽 분야는 일감을 어디서 따요? 고정 클라이언트가 있는 건가요?"

분야가 달라도 같은 노동 형태로 일한다는 동질감은 대단하다. 다른 분야 이야기를 들으면 신기하기도 하고, 비슷한 분야의 사람들과는 언젠가 일로 다시 볼 기회도 생긴다. 같은 분야 사람과 이야기를 하다 보면 작업물당 얼마를 받는지, 영업 노하우는 뭔지, 어떤 클라이언트를 피해야 하는지 팁 얻기도 좋다. 그러나 가장 크게 얻어가는 건 이런 실용적인 팁이 아니라 어떤 '연대감'이다. '나만 이렇게 일하는 게 아냐', '나랑 비슷하게 일하는 사람이 있어', '눈에 보이지 않아도 '우리'가 있었어' 그런 생각에서 오는 든든한 안온함이 있다.

프리랜서가 노조를 만들 수 있을까?

그런 모임에서 만나면 고등학교 동창을 만난 것처럼 마냥 반갑고 즐겁지만, 당차게 주고받은 명함을 꺼내서 서로 얼굴을 다시 보는 일은 많지 않았다. 사무실을 같이 얻어 서로 으쌰 으쌰 동기 부여 하며 일하는 일도 없었다. 혼자 일하는 시간이 길다 보니 자신과 비슷한 환경에서 일하는 사람과 동지애를 다지고 싶은 것뿐이지, 진짜로 누군가와 매일 얼굴을 마주 보고 일하고 싶은 건 아니다. 아마 많은 프리랜서들이 그렇지 않을까? 독립적으로 일할 수 있는 것, 프로젝트가 끝나면 떠날 수 있는 것, 적어도 표면적으로는 자율적으로 일할 수 있는 것이 프리랜서의 특성이다. 그런 고양이 같은 프리랜서에게도 정말 연대가 필요할까? 프리랜서에게 연대가 필요하다고 주장하는 건 시대를 거슬러 올라가는 시대착오적인 발상 아닐까? 혼자 일하는 게 좋아서 떠나온 사람들을 뭐하러 다시 묶는단 말인가!

　　노동자 연대의 가장 강력한 형태는 아마도 노동조합일

것이다. 하지만 '노조' 하면 떠오르는 단체 활동의 풍경은 독립적으로 일하는 프리랜서에게는 익숙하지 않다.

그래서 프리랜서는 노조 활동을 절대로 하지 않는 걸까? 사실 프리랜서 업계에도 노조가 있다. 반복해 말한 것처럼 프리랜서는 노동의 형태이지 특정 직업을 가리키는 것은 아니기 때문에 '프리랜서 전체 노조'라는 것은 찾기 힘들 것 같지만, 각 분야의 독립계약자들이 모이는 노조가 있다. 2018년 12월 출범한 디지털콘텐츠창작노동자지회는 '여성프리랜서일러스트레이터연대WFIU'와 '레진코믹스 불공정행위 규탄연대(레규연)' 활동의 연장선으로 만들어진 여성 프리랜서 작가 모임이다. 2020년 7월에 출범한 플랫폼·프리랜서노동자협동조합협의회나 전국대리기사협회, 한국가사노동자협회 등도 있다. 이들은 프리랜서 관련 캠페인이나 전 국민 고용보험제 등에 대한 토론회에 참여하고 프리랜서노동자공제회 설립 등 제도 개선 운동도 진행한다. 형태가 모두 '노동조합'인 것은 아니지만 프리랜서의 노동 권익 보호를 위한 단체는 존재한다.

해외에도 프리랜서 노동조합이 있다. 뉴욕에서 1995년에 결성된 단체 '프리랜서 유니온Freelancers Union'은 프리랜서 보호법을 제정하는 데에도 큰 역할을 했다. 이 단체에는 현재 40만 명이 가입되어 있다고 한다.

그럼에도 불구하고, 모여야 하는 이유

그러나 내 주변의 프리랜서 중에 이들 단체에 속한 사람은 손에 꼽는다. 존재를 아는 이들조차 드물다. 단체 활동의 필요성을 느끼지 못하는 것일 수도 있고, 아직 해결해야 할 큰 문제를 마주하지 않았을 수도 있다. 그저 독립적으로 활동하는 것이 좋아 '단체'나 '협회' 같은 단어가 불편한 것일 수도 있다. 그럼에도 나는 프리랜서의 연대를 위한 단체가 분야별로 많이, 다양하게 필요하다고 생각한다.

첫째 이유는 프리랜서가 분명한 '노동자'인데도 지금으로서는 노동자로서 보호받을 만한 법적인 울타리가 거의 없기 때문이다. 고용노동부에서는 노동자로 인정하는 사람에게만 노동권을 보호해준다. 일을 했는데 돈을 못 받았다면? 회사의 누군가로부터 강제 추행을 당했다면? 회사와 맺은 계약이 부당해서 억울하다면? 당연히 고용노동부에 찾아갈 수 있어야 한다. 그러나 프리랜서는 클라이언트가 돈을 지급하지 않아도, 계약서에 부당한 조항을 넣어서 노동 착취를 당했다고 해도, 심지어 상대가 계약을 어긴다고 해도 고용 노동부를 찾아갈 수 없다. 프리랜서는 원칙적으로 노동자가 아니기 때문이다. 법은 프리랜서와 클라이언트가 아무리 서로 체격이 다르다고 해도 각각을 독립된 업체로 본다. 둘 사이의 계약은 평등하게 맺은 것으로 보기 때문에 문제를 해결하고 싶다면 민사소송을 해야 한다. 당신이 삼성이나 롯데와 일을 했다고 하더라도 마찬가지다. 나는 개인이고 상대는 시가총액 1조 원이 넘는 기업이라고 해도 그렇다.

회사의 지시를 받아서 일을 하는 일개 개인이 어떻게 회사와 동등한 위치에 있을 수 있냐고 부르짖고 싶어진다. 그것이 프리랜서도 자신의 노동 권리를 요구하기 위해 집단적 행동에 나서야 하는 이유다.

둘째 이유는 정부와 (정부의 제재를 받는) 기업이 나서지 않는 한 프리랜서 생태계는 계속 프리랜서 노동자에게 열악한 상황으로 갈 확률이 높기 때문이다. 클라이언트는 제한적인데 프리랜서는 많아진다면 당연히 가격 경쟁이 일어나고, 프리랜서의 '노동값'은 점점 싸진다. 기업이 '니 아니어도 할 사람 많아'라고 배짱을 부리면 프리랜서는 울면서도 낮은 가격에 일을 해내야만 한다. 여기서 배를 불리는 건 오히려 플랫폼이다. 가사 도우미를 중개하는 플랫폼, 배달 건과 택배 기사들을 연결해주는 애플리케이션, 디자이너의 화려한 포트폴리오와 함께 싼 가격을 강조해 올리는 프리랜서 플랫폼 등을 제지할 만한 힘이 프리랜서 개인에게는 없다. 한국에서 가장 유명한 프리랜서 플랫폼에서도 비슷한 문제가 생기고 있다. 프리랜서들은 이 사이트에서 자신의 노동력을 싼값에 팔 뿐 아니라, 수수료를 지불하고 스스로 가짜 리뷰를 달기도 한다. 그렇게 하지 않으면 일이 잘 들어오지 않기 때문이다. 가끔은 이 사이트에서 견적을 본 후에 다른 프리랜서에게 그 가격에 해달라며 떼를 쓰는 클라이언트도 있다. 그런 가격에는 할 수 없다고 대답하며, 말도 안 되는 단가를 올려둔 이들을 원망하고 싶지만, 프리랜서로서 생존 자체가 힘겨운 상황에서 그들만을 탓할 수는 없다.

새로운 노동 형태에 맞는 새로운 연결이 필요해

프리랜서를 위한 노동조합이 답인지는 잘 모르겠다. 노동의 형태가 변하니 그에 맞는 새로운 모습의 단체가 생겨야 하지 않을까? 프리랜서들이 '최저 단가'를 주장하며 광화문 광장에서 집회를 하는 장면이 아무래도 잘 그려지지 않는다. 작가와 뮤지션, 배달부와 청소원들이 모두 모여 머리에 띠를 두르고 불끈 쥔 주먹을 리듬에 맞춰 흔드는 장면도 영 어색하다. 오히려 트위터에서 해시태그 운동을 하고, 청와대 청원에 참여하는 모습이 더 익숙하다.

프리랜서들이 작은 모임을 자주 가졌으면 한다. 막 활동을 시작한 새내기 프리랜서가 이 업계에서 20년을 버틴 프리랜서 선배들을 만나는 모임은 없을까? 프리랜서에 대한 책이 많아지고, 방송이 계속 나오면 방구석에 꼭꼭 숨어 있던 프리랜서들도 한 걸음 밖으로 나올 수 있을 것 같다. 모임을 계속하다 보면, 온라인에서라도 하트 인사를 주고받다 보면, 가끔 만나 눈인사를 하다 보면 진짜로 우리가 함께해야 할 때 어색하지 않게 뭉칠 수 있을 것 같다. 그게 이제껏 본 적 없는 형태의 '단체' 혹은 '단체 행동'이라고 할지라도 말이다.

나는 프리랜서 모임이라고 할 만한 몇 개의 느슨한 그룹에 참여하고 있다. 내가 운영하는 독서 모임에 참가한 이들이 모임 후에도 SNS와 카카오톡 단체 채팅방으로 서로의 안부를 물으며 남아 있다. 열 명 남짓한 이 그룹 안에서 우리는 협업의 기회도 자주 찾는다. 한 글 작가가 출간한 에세이 책의 그림을 일러스트 작가가 그리기도 했고, 내 일을 다른 글 작가와 나누기도 했다. 예전에 서울시에서 주최한 프리랜서 모임에 참여했을 때 만든 모임에도 간간이 나가고 <큰일여> 게스트들과도 연락을 이어 나간다.

프리랜서로 활동하고 있다면 이런 모임들에 나가보길 권장한다. 헤이조이스나 빌라선샤인 등 요즘 부쩍 늘어나고 있는 여성 커뮤니티에 참여하는 것도 추천하고 싶다. <큰일 여>에서도 종종 오프라인 모임을 열고 있다. 피로하지 않은 정도로만, 발 담글 수 있을 정도로만 함께해보자.

노동자도 변하고, 노동 환경도 변하고, 노동자들이 원하는 것도 변하고 있는데 세상의 변화는 아직 더디다. 정부는 전 국민 고용보험 확대를 추진하고 있지만 기존의 제도를 그대로 확대하는 것은 해답이 아닌지도 모른다. 정부가 현실을 따라가는 속도가 느릴 때는 당사자들이 목소리를 높여야 한다. 프리랜서를 위한 제대로 된 법을 만들지 않는다면, 프리랜서의 권익을 보호해주지 않는다면 내 표는 당신에게 가지 않는다는 걸 정치인들에게 알려야 한다. 그러기 위해서는 프리랜서들에게도 연대가 필요하다.

우리 직업은 미래형이라서요

마흔 너머를 준비하는
여성 프리랜서를 위한 유쾌한 제안서

지은이　박초롱

펴낸이　주일우
펴낸곳　이음
등록번호　제2005-000137호
등록일자　2005년 6월 27일
주소　서울시 마포구 월드컵북로 1길 52 3층
전화　02-3141-6126
팩스　02-6455-4207
전자우편　editor@eumbooks.com

초판 1쇄 발행
2020년 11월 6일

기획·편집　박우진, 김소원
디자인　권소연
제작　세걸음

페이스북
@EumPublishing

인스타그램
@eum_books

ISBN　979-11-90944-05-2 04810
　　　979-11-90944-02-1 (세트)
값　15,000원

이 도서의 국립중앙도서관 출판예정도서목록(CIP)은 서지정보유통지원 시스템 홈페이지
(http://seoji.nl.go.kr)와 국가자료공동목록시스템(http://www.nl.go.kr/kolisnet)에서
이용하실 수 있습니다.(CIP제어번호: CIP2020043320)